Antje Szillat

Lila Zeiten
Fíli heißt beste Freundin

Antje Szillat

Lila Zeiten

Fili heisst beste Freundin

Zeichnungen von
Martina Badstuber

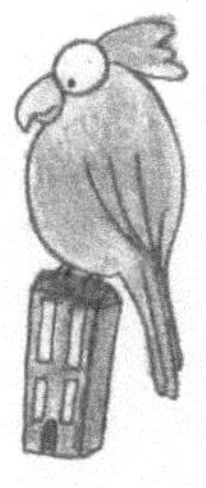

cbj

Inhaltsverzeichnis

Lilas Liste

(Meine-Für-und-wieder-Liste unter Berücksichtigung sämtlicher bekannter Fakten zum Zeitpunkt der Erstellung)

Was mich voraussichtlich demnächst erwartet:

1) Der Professor hat mit Sicherheit neue Fische gekauft! (Schließlich war er gestern vier Stunden im »Aquarium-Freunde-Paradies« – argh!)
2) Helene wird wieder versuchen, mich zu überreden, sie zum Voltigieren zu begleiten (und dann alles daransetzen, dass ich es auch mal ausprobiere!).
3) Der dicke Cockerspaniel von Frau Elbershausen-Knochenbring wird wieder sein großes Geschäft in unserem Vorgarten erledigen, und ich muss ihr sagen, dass das echt nicht okay, sondern absolut ekelig ist (habe ich Wanda leider versprochen – menno!).

__Wie ich damit umgehe oder was ich dagegen tun kann:__

1) Das zu verhindern, dafür ist es bestimmt zu spät?! Bleibt nur, 4 Fische aus Aquarium 7 in Aquarium 9 und 5 Fische aus Aquarium 11 ebenfalls in Aquarium 9 umzusetzen. Dann passt das! ☺ Ups – war ja total einfach.
2) Nichts! Außer ihr noch einmal klipp und klar zu sagen: NIEMALS! Nur über meine Leiche werde ich mich auf ein Pferd setzen lassen. Weil: a) die sind viel zu groß und b) Ich mich einfach weigere!!!
3) Baldo wird mich anspringen und mein Hosenbein vollsabbern. Daraufhin werde ich laut um Hilfe rufen. Wanda kommt aus dem Haus gestürmt, tritt in den noch dampfenden Baldo-Hundehaufen und regt sich furchtbar auf. Sie faltet Frau Elbershausen-Knochenbring ordentlich zusammen und ich bin – schwupps – raus aus der Geschichte! PERFEKT!

Kapitel 1

Das mit der Neuigkeit

»Liliane Dorothea Sommerlath!«

Verdammt, das bin ja ich!

Eigentlich sagen alle Lila zu mir. So wie mein Vater nur der Professor genannt wird. Wenn er jetzt also nach Liliane Dorothea Sommerlath ruft, dann könnte es sein, dass er mitgekriegt hat, dass ich die Honiggouramis im Aquarium 17 vergessen habe zu füttern. Oder noch immer nicht dazu gekommen bin, den Sauerstoffgehalt bei den Dicklippigen Fadenfischen zu ermitteln.

Beides wäre in etwa gleichdoof. Aber kein wirklicher Grund für den Professor, lauthals durch unsere hundertsechzig Quadratmeter große Maisonetten-Wohnung in der Königsallee, übrigens eine der besten Villengegenden in Berlin Grunewald, zu brüllen.

Zumal er normalerweise ein sehr leiser, besonders feinfühliger und höflicher Mann ist – behauptet zumindest Wanda, unsere bayrische Haushälterin. Aber Wanda ist ja auch total in den Professor verknallt.

Das wiederum sagt meine Schwester Anna. Sie meint, jemand der heimlich verknallt ist, der läuft jedes Mal rosa bis klatschmohnrot an, wenn er denjenigen trifft, in den er heimlich verknallt ist.

Hm … könnt ihr mir noch folgen?

Ist ja eigentlich auch egal, denn mit diesem ganzen dusseligen Liebesgetue will ich sowieso nichts zu tun haben.

Niemals!

»Lila, hast du Bohnen in den Ohren?« Anna kommt in mein Zimmer gefegt und funkelt mich vorwurfsvoll an. »Du sollst mal rüber ins Esszimmer kommen.«

»Und warum?«, frage ich.

Genervt schüttelt Anna ihre honigblonden langen Haare über die Schultern zurück und zickt mich an: »Bin ich die Auskunft, oder was?!«

Seitdem Anna in die Pubertät gekommen ist, ist das ihr normaler Zustand: zickig!

Inzwischen hab ich mich daran gewöhnt. Irgendwann soll das wieder vorbei sein, hat Wanda gesagt, und na ja, bis dahin versuche ich meine drei Jahre ältere Schwester einfach so gut wie möglich zu ignorieren.

Darum werfe ich jetzt auch in aller Seelenruhe einen Blick zum Fenster auf den Hundekehlesee hinaus, bevor ich erkläre: »Gestern warst du noch Gymnasiastin an der Walther-Rathenau-Schule. Ich denke nicht, dass du über Nacht dein Abitur gemacht, und anschließend einen Job als Telefonistin bei der Auskunft angenommen hast.«

Anna schnauft wie ein Stier. »Entweder du kommst jetzt oder du kannst mich mal!« Damit rauscht sie wieder aus meinem Zimmer und knallt dermaßen die Tür hinter sich zu, dass der weiße Bilderrahmen, der im oberen Regal steht, bedenklich ins Wanken gerät.

Ich springe vom Schreibtischstuhl auf und hechte zur Tür und kann ihn im letzten Moment auffangen.

»Da haben wir aber noch mal Glück gehabt, was?!«, murmle ich und tätschle sanft die Wange der blonden Frau mit den lustigen blauen Augen auf dem Foto.

Die Frau ist meine Mutter Dorothea. Sie lebt am Amazonas. Schon immer. Also zumindest, solange ich mich zurückerinnern kann.

Manchmal finde ich es blöd, dass Doro lieber am Amazonas irgendwelche Urvölker erforscht, als hier in Berlin bei ihrer Familie zu sein. Aber sie liebt ihren Job so sehr, dass sie einfach nicht anders kann. Und außerdem kommt sie uns ja einmal im Jahr besuchen. Dann machen wir uns immer eine richtig schöne Zeit zusammen. Also Doro, Anna und ich. Der Professor ist nie dabei. Die beiden sind schon lange geschieden und reden so gut wie kein Wort miteinander.

Einmal haben Anna und ich versucht, Doro und den Professor wieder zusammenzubringen. So richtige Eltern zu haben, also zwei Stück zugleich und zusammen in einer Wohnung, das war Anna und mir schon ziemlich verlockend vorgekommen. Und erst sah es auch so aus, als ob die beiden den Gedanken auch gar nicht mal so übel fänden. Aber dann hat Doro gemeint, wir könnten ja alle zu ihr an den Amazonas mitkommen. Darüber hat der Professor sich dann sowas von aufgeregt, dass Anna und ich heilfroh waren, als Doro wieder abgereist ist.

Ich weiß, das klingt bestimmt etwas … na ja, schräg, aber mein Zuhause hier in Berlin ist mir dann doch wichtiger. Ich meine, was soll ich denn bitte schön am Amazonas?

Anna wollte da auch nicht hin, und danach haben wir es dann nie wieder versucht.

»Lilachen, ja mei, hörst du denn nicht, dass dein Vater nach dir ruft?«

Wanda kommt in mein Zimmer. Als sie mich mit dem Bilderrahmen in den Händen dastehen sieht, verdüstert sich ihr sonst so fröhliches Gesicht ein wenig.

»Herrje, bist du etwa gerade etwas traurig, Lila?«

Doch ich schüttle den Kopf und stelle den Bilderrahmen wieder ins Regal zurück. »Nein, nein, ich habe nur Doro vor Anna gerettet.«

Das liebe ich so an Wanda, sie stellt nie überflüssige Fragen. Wenn ich sage, es ist okay, dann glaubt sie es mir.

Der Professor ist da ganz anders. Er meint immer gleich, ich brüte eine Depression oder sowas Ähnliches aus, wenn ich mal nachdenklich vor mich hingucke.

Das liegt bestimmt daran, dass er Professor der Psychologie ist und schon deshalb ständig der Meinung, dass Anna und mir am Ende dann doch die Mutter fehlt.

»Na dann, Lila, komm bitte rüber ins Esszimmer. Der Professor möchte uns etwas mitteilen«, fordert Wanda mich auf und bleibt solange im Türrahmen stehen, bis ich an ihr vorbeigerauscht bin.

Der große Esstisch ist mit unserem schönsten Teegeschirr gedeckt. Kuchen gibt es auch. Aber eigentlich ist das nichts Besonderes, denn um diese Uhrzeit gibt es immer Tee und Kuchen bei uns.

Der Professor strahlt uns fröhlich an und fordert uns auf, uns doch bitte an den Tisch zu setzen.

»Schön, dass ihr jetzt alle da seid«, findet er. »Ich möchte euch nämlich etwas sagen. Etwas Sensationelles.«

»Da bin ich aber mal gespannt«, murmelt Anna gelangweilt.

Der Professor holt tief Luft, bevor er fast schon feierlich verkündet: »Die Maklerin hat sich gemeldet!«

Hm … welche Maklerin? Und was, bitte schön, ist daran sensationell?

»Echt toll.« Anna bleibt bei ihrem gelangweilten Tonfall. »Können wir jetzt wieder gehen? Ich muss dringend Nelly anrufen, weil wir uns später noch treffen wollen.«

Dem Professor entgleisen die Gesichtszüge. »Aber-aber, versteht ihr denn gar nicht?«

Anna und ich schütteln synchron den Kopf. Wanda zuckt ratlos mit den runden Schultern.

»DIE Maklerin hat sich gemeldet!«

Noch immer können wir ihn nur ahnungslos anblicken.

»Na und?«, sagt Anna.

Der Professor stöhnt auf, als ob er schlimme Zahnschmerzen hat. »Ich habe euch doch vor einiger Zeit mitgeteilt, dass ich eine Maklerin damit beauftragt habe, eine größere Wohnung für uns zu suchen.«

»Kann sein«, nickt Anna.

Ich nicke ebenfalls. Schon möglich, dass er so etwas irgendwann erwähnt hat. Aber der Professor sagt öfter mal was. Zum Beispiel, dass er mit dem Golfen anfangen will. Oder mit uns ins Musical geht. Oder auch – immer wieder gerne – eine dreiwöchige Urlaubsreise auf die Malediven buchen wird. War ich jemals im Musical? Oder auf den Malediven? Besitzt der Professor Golfschläger?

NEIN!

Darum braucht er uns jetzt auch gar nicht so vorwurfsvoll anzusehen, finde ich.

»Nun gut, nun gut, dann habt ihr mir wohl mal wieder nicht richtig zugehört«, meint der Professor. »Ich sehe es euch nach, denn schließlich hat die gute Frau Schnick ziemlich lange gesucht. Womöglich habt ihr es inzwischen längst wieder vergessen.«

»Ich erinnere mich schon«, räumt Wanda zögerlich ein. Dass sie seine *Ankündigungen* genauso wenig ernst nimmt wie Anna und ich, das traut sie sich natürlich nicht zu sagen.

Der Professor winkt nachsichtig ab. »Liebes Müllerchen, Sie managen ganz hervorragend eine Familie, und bei all dem, was Sie im Kopf haben müssen, kann es schon mal vorkommen, dass etwas untergeht. Aber nun gut, nun gut, was ich eigentlich nur sagen wollte, ist, dass wir in weniger als drei Wochen umziehen werden. Frau Schnick hat nämlich ein traumhaft schönes Loft für uns gefunden.«

»Loft?«, kräht Wanda.

Der Professor nickt. »Jawohl, ein Loft, und zwar direkt am Paul-Lincke-Ufer. Dort stehen noch einige alte Fabrikgebäude und jetzt sind da tolle Wohnungen entstanden. Jede Menge Künstler und Leute von der Uni sind eingezogen. Frau Schnick ist es tatsächlich gelungen, uns eines dieser wirklich begehrten Lofts zu sichern.« Der Professor legt eine kleine Pause ein, streckt die Arme zu beiden Seiten aus und verkündet dann mit breitem Grinsen: »Heute Morgen habe ich den Mietvertrag unterschrieben!«

»Paul-Lincke-Ufer? Wo ist das?«, fragt Anna.

»Mitten in Kreuzberg!«, erklärt der Professor.

»Echt? Das ist ja der absolute Oberhammer!«, findet Anna und fällt dem Professor begeistert um den Hals.

Ich finde gar nichts. Nicht mal die Tür aus dem Esszimmer. Ich bin wie im Tunnel. Ich bin entsetzt. Ich bin – nein, niemals werde ich nach Kreuzberg umziehen!

N.I.E.M.A.L.S.

Was für Grunewald spricht:

Grunewald ist mein Zuhause, hier kenne ich mich aus, hier bin ich geboren, hier bin ich sicher, hier fühle ich mich wohl, hier ist es grün, hier ist die Luft gut, hier sind die Leute nett, hier ist man höflich, hat Manieren, mag Kinder, hier gibt es viel Wald, einen Park, tolle Freizeitmöglichkeiten, hier ist meine Schule, hier wohnen all meine Freunde, hier ist es sauber und ruhig und ordentlich, hier gibt es viele Seen und die Havel und noch so viel mehr, was mir gerade nicht einfällt, aber was sooo toll ist, dass ich hier einfach nicht wegkann!!!
Unsere Wohnung ist groß genug. Von meinem Zimmer aus blicke ich direkt auf den Hundekehlesee. Ich brauche nur fünf Minuten, dann bin ich bei meiner Schule. Unser Haus liegt mitten im Grünen, ich mache einfach das Fenster auf, und Ludger, unser Papagei, dreht eine Flatterrunde an der frischen Luft. Natürlich kommt er immer wieder zurück, weil er es hier in GRUNEWALD in unserer Wohnung absolut toll findet. Ludger will hier auch nicht weg!

Was für Kreuzberg spricht:

Nichts! Nichts! Absolut nichts!!!

Denn Kreuzberg ist dreckig, laut, hektisch, wild, gefährlich – ich will da nicht hin!!!

Dort wohnen jede Menge komische Leute und es gibt bestimmt kaum Kinder. Mein Schulweg ist doppelt so lang und Ludger kann ich dort garantiert nicht einfach fliegen lassen (sicher pflückt ihn jemand aus der Luft und macht Papageien-Gulasch aus ihm – argh!).

Die Luft ist stickig, denn hier gibt es keinen Wald und auch keinen See (glaube ich), dafür viel zu viele Autos und noch mehr Menschen.

Meine Freunde kommen mich bestimmt nicht in Kreuzberg besuchen, wer will schon nach Kreuzberg? Und überhaupt ist alles ganz, ganz schrecklich in Kreuzberg.

Ich will auch nicht in einer alten Fabrik wohnen und schon mal gar nicht ganz oben in einem Loft, weil ich schreckliche Höhenangst habe und überhaupt:

ICH! WILL! DA! NICHT! HIN!

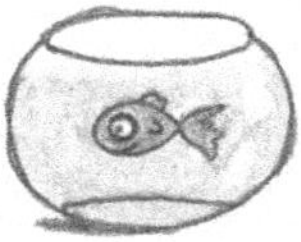

Kapitel 2

Das, in dem ich nicht will

Der Professor hat also beschlossen, dass wir nach Kreuzberg in diese grottige alte Fabrik umziehen werden.

Dabei habe ich ihm in den letzten Tagen mindestens tausend Argumente dagegen genannt. Und auch Wanda ist nicht wirklich begeistert von seinen Umzugsplänen. Sie spricht es zwar nicht laut aus, weil sie niemals etwas sagen würde, was gegen den Professor geht, aber ich sehe es ihr an, ihr linkes Augenlid zuckt ständig.

Nur Anna kann es kaum erwarten. Sie meint, Kreuzberg sei total *in* und *mega angesagt*. Nur *coole Leute* würden dort wohnen und es wäre das *absolute Szeneviertel*.

Das ist aber totaler Blödsinn, denn ich weiß es sicher: In Kreuzberg wohnen nur Durchgeknallte!

Okay, Anna mag da vielleicht hinpassen, denn *sie*

ist mit Sicherheit durchgeknallt. Aber der Professor, Wanda, Ludger und vor allem ich doch nicht!

Heute Morgen beim Frühstück werde ich ihm das auch noch mal ganz deutlich sagen – zur Not heule ich. So richtig mit Verzweifelt-ins-Taschentuch-Schnäuzen und zuckenden Schultern. Das habe ich mir fest vorgenommen.

Der Professor sitzt schon am Tisch, den Wanda wie jeden Sonntagmorgen mit den tollsten Leckereien gedeckt hat, als ich bemüht zuversichtlich ins Esszimmer trabe.

Anna liegt zum Glück noch im Bett und auch von Wanda ist nichts zu sehen. Bestimmt schnitzt sie in der Küche noch kleine Butterherzen. Nur Ludger turnt oben auf der Gardinenstange herum und kackt hin und wieder auf den weinroten Samtvorhang.

»Lila!«, flötet der Professor fröhlich. Seitdem er diesen dusseligen Mietvertrag unterschrieben hat, flötet er nur noch. Grässlich!

»Papa!«, flöte ich ebenso freudig zurück. Schließlich verfolge ich einen Plan. »Es geht noch mal um …«

»Aber Lila, Kindchen, setzt dich doch bitte erst einmal und iss was«, fällt der Professor mir nachsichtig lächelnd ins Wort.

»Ich hab keinen Hunger.«

Der Professor schüttelt den Kopf. »Du weißt doch, Frühstück ist die wichtigste Mahlzeit des Tages.«

Ja, ja, ja, aber wenn wir tatsächlich nach Grusel-Dreckig-Kreuzberg umziehen, dann brauch ich eh nicht mehr auf meine Gesundheit zu achten. Dann ist mein Leben nämlich zu Ende!

»Also wegen dieser komischen Fabrikwohnung«, versuche ich es noch mal.

Allerdings nur, damit mir mein sonst so höflicher Vater *erneut* ins Wort krachen kann. Scheinbar hat er sich schon auf Kreuzberger Umgangsformen eingestellt. »*Loft*, Lila, man sagt *Loft*. *Loftwohnung* ist auch möglich.«

Ich nicke einsichtig – schön ruhig bleiben – und starte einen nächsten Versuch. »Von mir aus, Loft. Also was ich eigentlich sagen wollte, Papa, ist ...«

»Reichst du mir bitte mal den Orangensaft?!«

Ich fasse es nicht – dreimal lässt er mich nicht ausreden. DREIMAL!

»Papa!«, rufe ich nun nicht mehr ganz so sanft und freundlich. Wie soll ich meinen Plan verfolgen, ihn mit unschlagbaren Argumenten vor dem größten Irrtum seines Lebens zu bewahren, wenn er mich nicht zu Wort kommen lässt?

Verdammt!

»Lila, nun sei doch nicht so hektisch. Es ist Sonntag. Das Müllerchen hat uns ein köstliches Frühstück bereitet und draußen scheint die Sonne. Später darfst du mir noch bei den Aquarien helfen. Das machst du doch so gern.«

Nein, das mache ich überhaupt nicht gern. Ich finde Fische nämlich rotzdoof und krätzelangweilig! Und dass wir wegen diesen glupschäugigen Glitschdingern nun auch noch umziehen müssen, ist die absolute Krönung des Geht-gar-nicht!

Aber der Professor will es nicht wahrhaben. Er lebt scheinbar auf einem anderen Planeten – sagt Anna immer – und ja, langsam glaube ich, sie hat recht.

»Papa, ich werde nicht mit umziehen!«, knalle ich es jetzt heraus. Ich meine, meine sanfte Taktik ist ja offensichtlich an ihm abgeprallt – oder: gar nicht zu ihm vorgedrungen.

»Nun gut, nun gut«, sagt er nur.

Hallo?

»Aber was ist mit dem Orangensaft?«

Bleib ruhig, Lila, bleib gaaanz ruhig.

»Hier, Papa«, lächle ich ihn zähneknirschend an. »Hier ist er. Aber nun hörst du mir bitte zu. Ja?«

Der Professor nickt. Dann fordert er mich auf: »Aber erst einmal schließen wir die Augen, holen tief Luft … und atmen all unseren Stress aus.« Wie bereits gesagt, mein Vater ist Psychologie-Professor.

Er atmet und ich halte die Luft an. Weil er die Augen geschlossen hat, sieht er nicht, dass ich meine offen lasse. Gut so, denn gemeinsam atmen kann ich gerade überhaupt nicht.

»Okay, jetzt fühlen wir uns doch gleich besser, nicht wahr, Lila?!«

Ich nicke – weil ich doch noch immer diesen Plan verfolge!

»Also, Papa, ich habe mir Folgendes überlegt. Du willst ja in erster Linie in dieses blö … ähm … Loft umziehen, weil du in unserer schönen Wohnung hier nicht mehr genug Platz hast für deine Aquarien.«

Der Professor nickt. Aber nur halbherzig. Den Mund hat er auch schon aufgeklappt, um etwas zu antworten. Doch das darf ich nicht zulassen. Deshalb rede ich schnell weiter. »Ich weiß, ich weiß, du wünscht dir ein neues, noch viel größeres Becken und deshalb habe ich gedacht, ich stelle mein Zimmer dafür zur Verfügung. Ich ziehe einfach in das kleine Bügelzimmer von Wanda. Alles ist prima und wir brauchen nicht umzuziehen.«

Genial! Darauf gibt es nichts zu erwidern, außer eben: sensationeller Vorschlag!

»Und wo soll das Müllerchen dann zukünftig bügeln?«

Ich hebe die Hände, lasse sie gleich wieder fallen.

»Überall, hier, irgendwo, was weiß ich, es ist doch Platz genug. Wollen wir tatsächlich wegen eines Bügelbretts umziehen?« Ich starre den Professor fassungslos an.

Und was macht er? Er lacht! Er lacht – mich aus??!

»Aber Lila, natürlich nicht. Wir wollen auch nicht umziehen, weil ich noch mehr Aquarien haben möchte. Es geht einfach darum, dass wir unbedingt mehr unter Menschen müssen. Wir leben hier so zurückgezogen, so still, fast schon abgeschieden. Das ist nicht gut für uns. Zwei meiner Kollegen haben den Schritt auch gewagt und ihn nicht einen Moment lang bereut. Ich möchte doch nur, und zwar in erster Linie für Anna und dich, dass wir mittendrin sind. Teilhaben am prallen Leben. Weißt du, Lila, Berlin ist so wunderbar, so spannend, so multi-kulti! Und was bekommen wir davon mit? Nichts!«

Ich bin zu baff, um irgendetwas zu sagen. Mein Vater hat eindeutig 'nen Knall. Irgendetwas ist mit ihm passiert. Irgendjemand hat gewaltig an seinen Schrauben gedreht.

»Möchtest du auch Rührei zum Frühstück, Lilachen?«, trällert Wanda.

Hinter ihr schleppt sich Anna ins Esszimmer. Im T-Shirt, mit zerzausten Haaren und zerknittertem Gesicht.

»Ich will, Wanda, und zwar 'ne große Portion«, krächzt sie.

Wanda verpasst ihr einen sanften Rempler gegen den Oberarm. »Du gehst dich bitte erst mal waschen, Anna, und kämmst dir die Haare. So mag man ja mit dir nicht am Tisch sitzen.«

Anna will mosern. Ich sehe es ihr an. Aber sie weiß auch, dass es sinnlos ist. Wanda ist zwar die beste Haushälterin-Köchin-Ersatzmutter in einer Person, die man sich vorstellen kann, aber sie hat auch ein paar ganz klare Regeln. Also zieht Anna murrend ab und taucht kurz darauf im Bademantel, gewaschen und das lange Haar zu einem Zopf zusammengefasst, wieder am Tisch auf.

»Sag mal«, zickt sie mich sofort wieder an. »Bist du in Eisstarre verfallen oder warum sitzt du hier so leblos herum?«

Ich antwortete ihr nicht.

»Lila, ich rede mit dir!«

Noch immer ignoriere ich sie. Bin viel zu sehr mit meinen konfusen Gedanken beschäftigt.

»Erde an Lila!«, nervt Anna weiter. Meine Schwester hat sich locker den Titel »nervigste Schwester aller Zeiten« verdient.

»Nun lass bitte deine Schwester in Ruhe«, tadelt der Professor sie endlich.

Ich höre seine beschützende Stimme, und mir wird klar, dass ich vielleicht zu früh aufgegeben habe: Noch sind wir hier. Noch ist der Umzug in die Hölle vielleicht zu verhindern. Aber als ich den Kopf hebe, sagt mir ein Blick in sein Gesicht, dass er am liebsten sofort die Umzugskisten packen würde. Mir ist zum Heulen zumute. Aber ich ahne, herzerweichend ins blütenweiße Spitzentaschentuch zu schluchzen, nützt nun auch nichts mehr.

Was ich heute erledigen muss:

1) Ich muss Helene endlich sagen, dass ich nach Grausam-Höllisch-Kreuzberg umziehe – und zwar HEUTE! ☹
2) Außerdem muss ich Katharina und Helene auch noch erklären, dass ich wohl diesmal in der ersten Ferienwoche nicht beim traditionellen Sommercamp unseres Feldhockeyvereins dabei sein kann, weil wir da gerade nach Fürchterlich-Schrecklich-Kreuzberg umziehen werden! ☹ ☹
3) Ich muss nach K wie Kotze, R wie Ratte, E wie Ekelzwerg, U wie Ungeheuer, Z wie Zombie, B wie Blutwurst, E wie Erbsenzähler, R wie Rüsselwarze, G wie Grashalmentwurzler in eine stinkige, uralte Fabrikwohnung ziehen!!! ☹ ☹ ☹
   Ob ich wohl weiterhin in der Mädchen-A-Mannschaft des Grün-Weiß Hockey Berlin-Grunewald spielen kann???

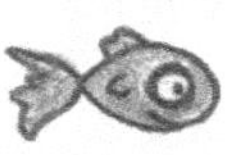

Wie ich, beziehungsweise die anderen, damit umgehen werden:

1) Helene wird mir bestimmt Mut zusprechen. Schließlich ist sie Streitschlichterin in der fünften Klasse gewesen und hat sich für das nächste Schuljahr als Schulbuddy für die neuen Fünftklässler an unserem Gymnasium beworben – wer so etwas macht, der hat doch eigentlich ein groooßes Herz und gaaanz viel Verständnis und noch meeeehr Mitgefühl für verzweifelte Freundinnen wie mich. Bestimmt ist das so. Hoffentlich (na ja, Helene hat das mit dem Buddy nur gemacht, weil es gerade echt in ist, Schulbuddy zu sein).
2) Auch hier wird Helene sehr aufbauend auf mich einreden. Oder noch besser: Sie wird ebenfalls nicht am Camp teilnehmen, um mir beim Umzug nach Ekel-Bitterböse-Kreuzberg zu helfen. Ihre Eltern werden ihr jedoch bestimmt nicht erlauben, in so ein wildes Viertel zu gehen.
3) Das hängt davon ab, ob der Professor mir Bodyguards besorgt, damit ich mich in Gefährlich-Kreuzberg aus dem Haus ... ähm, der Fabrik wagen kann.

Kapitel 3

Das, in dem es tatsächlich passiert

Heute ist es so weit. Wir ziehen tatsächlich um. Was ich davon halte, dazu ist längst alles gesagt.

Gerade nehme ich Abschied von meinem Zimmer, das bis auf den geblümten Sessel leer geräumt ist, da kommt Anna hereingetänzelt. Ihre Augen funkeln unternehmungslustig, ihre sonst so blassen Wangen glühen feurig rot.

»Jetzt sag nicht, du heulst schon wieder«, blafft sie mich an. Tja, sensibel und rücksichtsvoll wie immer, meine heißgeliebte große Schwester. Außerdem heule ich nicht. Ich schwitze nur aus den Augen.

»Verschwinde!«, knurre ich so böse, wie es mir unter diesen Umständen möglich ist.

»Würde ich ja gern. Aber der Professor sagt, ich soll dich holen. Außerdem finde ich, du hast lange genug Zeit gehabt.«

»Wofür?«

»Zum Heulen natürlich!« Sie klatscht auffordernd in die Hände. »Aber wenn du nun endlich damit fertig bist, dann komm gefälligst runter, damit wir losfahren können. Alle warten nur auf dich!«

Anna schüttelt verständnislos den Kopf. »Ich versteh echt nicht, warum du so ein Drama draus machst?!«

Ich ignoriere sie einfach, weil das meistens am besten ist – und tatsächlich, mit einem empörten Rhinozerosschnaufen und der Erkenntnis: »Dir ist echt nicht mehr zu helfen!«, stampft sie davon.

Auch ich schnaufe. Aber nur, weil mir das Herz wehtut. Ganz schrecklich. Ich befürchte, das bleibt nun für immer so. Denn ich werde nie wieder glücklich sein. Und niemals wieder von meinem Schreibtisch aus auf den Hundekehlesee blicken können.

Ich stehe langsam auf, gehe zum Fenster, streichle zärtlich den Holzrahmen, als der Professor hinter mir sagt: »Lila?« Seine Stimme klingt sanft und liebevoll. So wie ich ihn kenne. So wie ich ihn mag. Kein bisschen nach hektischem Kreuzberg. Ganz doll nach ruhigem und sicherem Grunewald.

»Würde dir eines unserer Rituale jetzt guttun?«

Oh nein, bestimmt nicht!

Ich fahre herum, um ihm das auch klipp und klar zu sagen, aber der Professor legt mir sofort seine

Hände auf die Schultern und fängt an: »Lass uns über deine Ängste reden, Lila. Spreche sie laut aus, denn nur so kannst du sie hier in der Wohnung zurücklassen.« Mein Vater sieht so aus, als ob er davon fest überzeugt wäre.

»Ich will aber nicht«, maule ich.

Doch der Professor lässt sich nicht bremsen. »Es wird dir *aber* guttun, Lila. Vertrau mir.«

Ich hole tief Luft. Das gefällt ihm und vielleicht reicht das ja auch schon.

»Rede über deine Ängste!«, fordert er mich leider noch mal auf. Jetzt mit seiner komischen Psychologie-Professor-Singsang-Stimme. »Alles, was du sagst, bleibt in diesem Raum …«

Er wird keine Ruhe geben. Wenn ich Pech habe, stehen wir heute Abend hier noch herum. Und dann ist Anna die nächsten tausend Jahre noch ätzender zu mir. Und Wanda kommt nicht dazu, die Kisten auszupacken und dann kann sie kein Abendessen machen und das, oh ja, das macht die sonst so gutmütige und total verständnisvolle Wanda so richtig grantig.

Auweia, sag ich nur.

»Okay«, erkläre ich gedehnt. »Dann mache ich es halt.«

Der Professor nickt mir auffordernd zu. »Na dann …«

»Ähm …« Ich suche nach den richtigen Worten. Aber mir fällt absolut nichts ein.

»Wenn du die Augen schließt, Lila, was siehst du dann?«

»Nichts!«, erkläre ich – was null gelogen ist!

»Nun gut, nun gut, dann anders gefragt, wo siehst du dich dann, Lila?«

Bestimmt nicht in Kreuzberg!

»Tja … keine Ahnung. Im Bett?!«

»Gut. Das ist doch schon mal ein Anfang«, findet mein Vater. »Und wo ist das Bett?«

Meine Güte, wo wohl? In einem Haus, in einem Zimmer – bestimmt nicht auf der Spitze des Mount Everest!

»In meinem Zimmer, natürlich!«

»Sehr schön, Lila.« Der Professor räuspert sich, bevor er fragt: »Wovor hast du Angst?«

Ihhh, wie fies. Ich weiß echt nicht, wie er das wieder hinbekommen hat. Irgend so ein Psychologen-Geheimtrick, damit auch die ganz besonders harten Fälle sich all ihren Frust von der Seele plaudern.

Ich kenn mich aus und darum falle ich bestimmt nicht darauf rein – hoffe ich doch.

»Es ist alles neu und ich habe Angst, dass ich mich in Kreuzberg verlaufe«, sprudelt es nur so aus mir heraus. Ich kann es einfach nicht verhindern. »Ich war doch noch niemals irgendwo anders und vielleicht gefällt es mir dort nicht? Dann bist du sauer, und überhaupt, ich will da nicht hin. Hier in unserer Wohnung sind wir alle zusammen. Darum fühle ich mich hier sicher, weil ich doch weiß, dass du immer wiederkommst. Aber in Kreuzberg, stell dir mal vor, du gehst von der Uni nach Hause und wirst überfallen, weil irgendeiner von den Verrückten dort deine Schuhe gebrauchen kann? Dann bin ich mit Anna alleine und wir haben auch nicht genug Geld, um Wanda weiter als Haushälterin zu behalten, und weißt du, wie das Ganze dann ausgeht? Dann stehen Anna und ich plötzlich ohne Eltern da, denn Doro bleibt bestimmt am Amazonas.«

Erst schnappe ich nach Luft, dann falle ich den Professor schluchzend in die Arme.

Oh Schande!

»Und Helene traut sich bestimmt auch nicht nach Schrecklich-Kreuzberg«, jammere ich. »Die ist im Moment sowieso schon so komisch zu mir, seitdem Katharina ihr hinterherläuft und sie unbedingt zur besten Freundin haben will.«

Der Professor streichelt mir über den Kopf. »Keine Angst, Lila, wenn Helene eine echte Freundin ist, dann wird ein Umzug in einen anderen Stadtteil daran auch nichts ändern. Und was mich betrifft, mich wirst du bestimmt nicht los. Ich komme jeden Tag zurück nach Hause. Und ganz sicher lasse ich mir von niemandem die Schuhe klauen. Darauf kannst du dich verlassen!«

»Versprochen?«, schniefe ich.

»Versprochen ist versprochen und wird niemals gebrochen!«, erwidert der Professor.

* * *

Unsere neue Wohnung liegt direkt am Landwehrkanal. Als Erstes fällt mir auf, dass es hier erstaunlich viele Bäume gibt. Sie stehen an der Promenade entlang des Ufers. Bäume hatte ich in Kreuzberg nicht erwartet.

Das Haus ist sehr hoch und sehr weiß und sieht erst mal kein bisschen nach alter, heruntergekommener Fabrik aus. Auch das erstaunt mich.

»Das Gebäude ist von 1908«, erklärt der Professor. »Es wurde aber Anfang des Jahres komplett saniert und in fünf unterschiedlich große Wohneinheiten aufgeteilt. Unser Loft befindet sich in der dritten Etage. Alles ist niegelnagelneu, hell, luftig und sehr geräumig.« Der Professor kommt aus dem Schwärmen überhaupt nicht mehr heraus. »Sechs Zimmer auf 220 Quadratmetern, ein riesiger, nach Süden ausgerichteter Balkon«, ruft er und seine Stimme überschlägt sich. »Tiefgarage, Fahrstuhl und ein idyllischer grüner Innenhof. Seit Wochen habe ich auf diesen Moment gewartet, und nun ist es endlich soweit: Willkommen in unserem neuen Zuhause!«

»Papa, das ist der absolute Megaburner«, kreischt Anna und fängt an, peinlich auf der Stelle herumzuhüpfen.

Wanda strahlt ebenfalls, als ob sie mit der Sonne im Wettstreit wäre. Ganz besonders, als sie die neue, weiße Küche entdeckt, die U-förmig Richtung Wohn- und Essbereich aufgestellt ist.

»Herr Professor, Herr Professor, erst war ich ja ein wenig skeptisch, als Sie sagten, die Küche sei schon vorhanden und wir müssten sie so übernehmen, wie sie ist«, gurrt Wanda in den begeistertsten Tönen. »Aber ich muss sagen, Sie hatten mal wieder recht. Meine Sorge war unbegründet. Diese Küche ist fantastisch und bietet alles, wovon eine Hausfrau nur träumen kann.«

Wandas Busen bebt regelrecht unter der geblümten Bluse.

»Wenn der Professor nicht aufpasst, dann fällt sie ihm gleich um den Hals, und drückt ihm einen feuchten Schmatzer auf die Backe«, prophezeit Anna mir flüsternd.

Himmel, ich würde glatt vor Scham im Erdboden versinken.

»Jeden Dienstag und Freitag findet am Maybachufer ein großer Wochenmarkt statt, Müllerchen«, redet der Professor weiter. Herrje! Scheinbar ahnt er nicht, dass Wanda schon die Lippen gespitzt hat.

»Dort können Sie dann immer ganz frisches Gemüse, Fisch und Fleisch einkaufen. Ist das nicht toll?!«

Wanda nickt mit dem ganzen Oberkörper und mir wird das Ganze jetzt eindeutig zu gefährlich. Ich trabe hinter Anna her, die sich wie eine Ballerina durch die Wohnung dreht und euphorisch ruft: »Endlich habe ich Platz zum Tanzen!«

Bevor ich sie daran erinnern kann, dass unsere Wohnung in Grunewald kaum kleiner, eben nur nicht so offen war, kreischt sie plötzlich los: »Das ist meins! Oh ja, komme, was wolle, dieses Zimmer nehme ich!«

Ich werfe einen Blick in *ihr* Zimmer. Es hat wie alle Räume hier helles Holzparkett, weiß getünchte Wände und eine riesige Fensterfront, durch die man direkt auf den grünen Innenhof blickt. Dahinter sind etliche Häuser zu sehen, die längst nicht alle in einem so guten Zustand wie unseres sind.

»Schau mal, Lila«, haucht Anna. Sie ist so hingerissen, dass sie total vergessen hat, zickig zu mir zu sein.

»Schöner Innenhof«, murmle ich.

»Ach was«, winkt meine Schwester ab. »Das meine ich doch gar nicht. Was interessiert mich der dusselige Hof. Dahinter tobt das wilde Leben. Hach, und ich wohne ab jetzt mittendrin!«

Der Professor taucht im Türrahmen auf. »Hast du dir auch schon ein Zimmer ausgesucht, Lila?«

Ich zucke die Schultern. »Nö …«

»Na dann mal los. Du hast die Wahl, drei sind noch frei«, verkündet er.

Da die Zimmer alle gleichgroß sind und ähnlich geschnitten, entscheide ich mich für den Raum, der nach vorne zum Kanal rausgeht. Außerdem ist er am weitesten entfernt von Annas Zimmer.

»Okay«, sagt mein Vater. »Wenn die Zimmerfrage nun geklärt ist, wäre es ganz schön, wenn du und deine Schwester auch ein paar Kisten mit hochtragen könntet.«

»Aber warum das denn?«, regt sich Anna prompt auf. Anna regt sich immer auf, wenn sie irgendetwas tun soll. »Ich dachte, dafür hast du die Möbelpacker engagiert?!«

Der Professor rümpft die Nase. »Na und? Das heißt noch lange nicht, dass du nichts tun musst!«

Anna klappt den Mund auf – bestimmt gibt es jetzt gleich wieder eine ellenlange Diskussion. Das muss ich nicht haben.

Also marschiere ich zur Lofttür, ziehe sie auf und starre direkt in das Gesicht von Philipp Skobiak, dem affigsten Angeberkacker dieses Universums und leider, leider mein Klassenkamerad.

»Was-was tust du denn hier?«, röchle ich.

Philipp macht ein Gesicht, als ob er ernsthaft darüber nachdenken würde, bevor er blöd grinsend die unfassbarste Bombe platzen lässt: »Wohnen, *Lila Pause*, und zwar direkt über dir!«

Wie ich es mir gelingt, hier wieder auszuziehen, bevor ich überhaupt eingezogen bin:

1) Ich bekomme eine schreckliche Weißallergie (so richtig mit schlimmem Jucken und mordsmäßigem Husten), und da am Paul-Lincke-Ufer 7a alles weiß ist, müssen wir sofort und auf der Stelle hier wieder ausziehen!
2) Ich leide unter einer bisher nicht entdeckten Fahrstuhlphobie. Dazu muss ich nicht einmal mit dem Fahrstuhl fahren, es reicht schon, dass sich ein Fahrstuhl im Haus befindet!
3) Ich rede dem Professor ein, dass Familie Skobiak aus rücksichtslosen Anglern besteht, die selbst vor seltenen Süßwasserfischen in fremden Aquarien nicht zurückschrecken – nein, in fremden Aquarien zu fischen ist sogar ihr größtes Hobby! Sie lieben nämlich das Risiko, dabei erwischt zu werden.

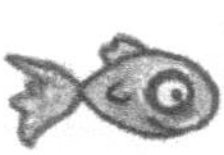

Was mir einen Strich durch die Rechnung machen könnte:

1) Der Professor wird eine Malerfirma engagieren, die die komplette Wohnung hellblau oder, wenn es nach Anna geht, pink streicht.
   Die Küche lässt er austauschen und sämtliche weiße Wäsche von Wanda bunt färben.
   Ja, so etwas total Verrücktes ist ihm irgendwie zuzutrauen. Mist!
2) Ich muss eine Therapie machen – der Professor wird solange mit mir über meine Ängste und Sorgen wegen des Fahrstuhles reden und reden und reden, bis ich tatsächlich Angst vorm Fahrstuhlfahren habe – nee, das halte ich nicht durch!
3) Okay, das könnte tatsächlich hinhauen. Natürlich muss ich noch ein bisschen daran herumfeilen, aber ja, ich denke, der Plan ist nahezu perfekt! ☺

Kapitel 4

Das, in dem meine Schwester (mal wieder) doof ist

Als ich mich abends in mein Bett kuschele, denke ich traurig an Helene.

Ich habe so sehr gehofft, dass sie noch vorbeikommt und dann bei mir übernachtet. Was würde ich jetzt dafür geben, wenn meine Freundin hier wäre und ich nicht alleine in diesem fremden Zimmer liegen müsste. Wie immer würde sie als Erste einschlafen und ich noch stundenlang weiterquatschen.

Aber Helene ist nicht gekommen. Das mit dem Umzug nach Kreuzberg fand sie zwar nur so mittelschlimm, aber mich aufbauen wollte sie auch nicht. Sie hat nur gemeint, dass sie ja diesmal mit Katharina im ORGA-Team des Feriencamps sei und deshalb total keine Zeit hätte. Aber demnächst – gaaaanz bald – würde sie mich in der neuen Wohnung besuchen kommen.

Eigentlich wollte ich ihr noch von Doofian Philipp Skobiak erzählen. Aber gerade in diesem Moment hat Katharina an der Tür geklingelt, um sie abzuholen.

»Ich muss jetzt flitzen. Bis bald, Lila, und sei tapfer«, hat sie zum Abschied ins Telefon gerufen.

Klar doch, sei tapfer. Leichter gesagt als getan.

Ich muss wohl tatsächlich eingenickt sein. Denn irgendetwas weckt mich so abrupt auf, dass ich wild zusammenzucke und einen spitzen Schrei ausstoße.

»Pssst, sei doch leise. Immer machst du aus allem gleich so ein Drama.« Anna steht neben meinem Bett und starrt mich vorwurfsvoll an.

»Spinnst du?«, krächze ich. »Was-was soll das?« Ich werfe einen hektischen Blick auf den kleinen grünen Wecker neben mir auf der Holzkommode. »Es ist vier Uhr morgens! Was willst du von mir?«

Anna antwortet nicht. Stattdessen versucht sie nun, mir die Bettdecke wegzuziehen.

Doch ich kralle mit aller Kraft meine Finger in den hellgrünen Stoff.

»Nun lass schon los und steh endlich auf!«, ranzt meine Schwester mich wütend an.

»Nein!«, ranze ich zurück. »Bestimmt nicht!«

Letztendlich gewinnt Anna. Aber nur, weil ich gerade noch im Tiefschlaf war – aus dem diese rücksichtslose Durchgeknallte mich brutal herausgerissen hat. Kein Wunder, dass ich noch nicht im Besitz meiner vollständigen Kräfte bin.

Nun liege ich also ohne Zudecke da und weiß noch immer nicht, was meine irre Schwester damit beabsichtigt. Aber ich hoffe wirklich sehr für sie (und ganz besonders für mich!), dass ihre Krankheit eines Tages heilbar ist.

»Die Sonne geht gleich auf und ich will durch die erwachenden Kreuzberger Straßen laufen«, sagt sie nun zu mir. »Aber alleine traue ich mich nicht so richtig. Also musst du mitkommen!«

Kann es wirklich sein, dass sich die Pubertät dermaßen verrückt auf den Verstand auswirkt?

Es muss wohl so sein, denn Anna ist nicht davon abzubringen, dass ich sie jetzt und auf der Stelle begleite.

»Wenn du mitkommst, verpetze ich dich nicht beim Professor«, erklärt sie scheinheilig lächelnd.

Inzwischen bin ich hellwach. Trotzdem versteh ich nichts. »Was redest du da?«

Anna kräuselt ihre Nase, so wie sie es immer tut, wenn sie etwas echt Fieses ausheckt. »Wer hat denn wohl letzte Woche zweimal vergessen, abends die Guppys zu füttern und dann aber scheinheilig behauptet, es getan zu haben? Wanda, ich oder etwa … DU!«

Hab ich das gerade richtig verstanden oder träume

ich? Meine Schwester erpresst mich? Morgens um vier. Nach einer schrecklichen ersten Nacht in der neuen Wohnung fällt ihr tatsächlich nichts Besseres ein, als mich – ihre einzige Schwester – zu erpressen?

»Also, was ist jetzt, kommst du mit oder kommst du mit?«

Ich gucke sie böse an.

»Schäm dich!«, knurre ich. Aber ich wühle mich aus dem Bett, schnappe mir meine Jeans und das T-Shirt von der Stuhllehne und marschiere damit los. Anna wird eh keine Ruhe geben und an Einschlafen ist sowieso nicht mehr zu denken.

»Wo willst du hin?«, fragt Anna.

»Aufs Klo«, zische ich. »Oder hast du was dagegen und lässt dir schnell irgendeine andere miese Erpressung einfallen?«

Anna glotzt mich unschuldig an. »Erpressung, was für ein unschönes Wort. Und natürlich habe ich nichts dagegen, aber sei bloß leise und weck nicht den Professor oder Wanda auf.«

Ich erspare mir einen Kommentar. Stattdessen eiere ich davon, um eines der Badezimmer zu suchen. Nur wo um alles in der Welt sind die nochmal gewesen?

Gerade als ich mir sicher bin und meine Hand schon fast auf der Klinke liegt, zischt Anna mir ins Ohr: »Spinnst du, das ist doch Wandas Zimmer!«

Sie zieht mich von der Tür weg zu der links daneben und schüttelt verständnislos den Kopf. »Wie kann man nur so einen schlechten Orientierungssinn haben?!«

Nein, Anna, denke ich, wie kann man nur so doof sein und sich von dir ständig so herumkommandieren lassen.

Fünf Minuten später stehen wir unten auf der Straße. Außer dem Zeitungsausträger und einer Frau, die mit ihrem Hund auf der anderen Straßenseite direkt am Kanalufer langgeht, ist niemand zu sehen.

Hin und wieder fährt ein Auto an uns vorbei, aber für Kreuzberger Verhältnisse – zumindest wie ich sie mir vorgestellt habe – ist es ziemlich still und ja, friedlich.

Das braune Kanalwasser glänzt in der langsam aufgehenden Morgensonne, die Bäume und Büsche am Ufer sehen fast idyllisch aus.

Unfassbar, auch wenn ich nicht will, ich kann nicht anders, als es schön zu finden.

»Nun komm schon weiter!« Anna umfasst grob meinen Unterarm und zieht mich mit sich. »Hier ist es total öde.«

Hallo? Hat meine Schwester mich nicht vor geschätzten sieben Sekunden aus dem Tiefschlaf gerissen, um mit ihr runter auf die Straße zu gehen, weil es angeblich ihrer größter und bisher unerfüllter Wunsch ist, durch das erwachende Kreuzberg zu laufen?! Und jetzt ist es öde? Lieber Himmel, ich will niemals in die Pubertät kommen. Niiiemals!

»Wo willst du denn hin?«

Anna rollt genervt die Augen. »Natürlich dorthin, wo das Leben tobt!«

»Es ist morgens, Anna«, erinnere ich sie. »Frühmorgens. Wer oder was soll denn bitte schön um diese Uhrzeit toben?«

Doch Anna ignoriert meine Frage. Stattdessen legt sie noch einen Zacken zu und zerrt mich wie eine Puppe mit sich.

Im Laufschritt hechten wir bis zur nächsten Straßenecke. Rechts geht es über die Thielenbrücke aufs andere Ufer des Landwehrkanals. Zur linken Seite beginnt die Glogauer Straße. Einen Moment zögert Anna, ich nutze ihn, um mich endlich aus ihrem Klammergriff zu befreien.

»Ich komme mit, Anna, auch wenn mir absolut nicht klar ist, was wir hier gerade tun. Aber du lässt mich gefälligst los und hetzt nicht so, als ob ein Rudel fieser Bluthunde hinter uns her wäre!«

Anna stöhnt. »Okay, aber dann trödele nicht so rum«, verlangt sie – und ist dann selbst diejenige, die noch ewig unschlüssig an der Straßenecke herumsteht.

»Und nun?«, wage ich sie nach einer ziemlich langen Weile zu fragen.

Anna zuckt die Schultern. »Dann gehen wir jetzt einfach mal die Glogauer runter«, bestimmt sie. Begeistert hört sich das nicht gerade an.

Schweigend marschieren wir die Straße entlang, die nach und nach tatsächlich zu erwachen scheint. Hier geht ein Licht hinter den Fenstern an, dort erlischt eine Straßenlampe. Der Verkehr wird reger und wir treffen auf immer mehr Menschen, die früh zur Arbeit müssen oder mit ihren Hunden die erste Gassirunde des Tages drehen. Anna schaut sich mit großen Augen um, aber so richtig zufrieden sieht sie nicht aus.

»Ich dachte, es wäre spannender«, sagt sie schließlich mit ziemlich enttäuschter Stimme. »Aber nun ist es fast so wie in Grunewald.«

»Was hast du denn erwartet?«

Anna seufzt tief. »Na ja, viel mehr Action und verrückte Leute.«

Jaaa, meine Schwester hat 'nen Knall. Das steht schon seit Langem für mich fest. Dennoch überrascht sie mich immer wieder. »Und wie kommst du darauf, frühmorgens auf all das zu treffen?«

»Ich hab's gelesen«, sagt sie.

Inzwischen sind wir an der nächsten Straßenkreuzung angekommen. Anna bleibt stehen, schaut sich erst unentschlossen nach allen Seiten um, dann mich an. »In der Sonntagszeitung des Professors. Dort hat eine Berliner Journalistin über das erwachende Kreuzberg geschrieben, und wie sie jeden Morgen, bevor sie sich an ihren Schreibtisch setzt, durch ihren Kiez läuft. Das hat sich so genial, so spannend, so hipp angehört, ich wollte es unbedingt auch erleben …«

»Und nun bist du enttäuscht!«, stelle ich fest.

Anna atmet tief durch. »Na ja, ein bisschen schon.« Doch plötzlich erhellt sich ihr Gesicht, als ob jemand das Licht angeknipst hätte. »Weißt du was, wir sind einfach nur in die falsche Richtung gelaufen. Wir müssen rüber ans Maybachufer. In die Kreuzbergstraße und so.«

Anna macht Anstalten, loszustürmen. Doch ich stemme entschlossen die Hände in die Seiten.

»Ohne mich!«, erkläre ich.

»Was soll das heißen?« Anna glotzt mich entgeistert an.

»Dass ich jetzt wieder in die Wohnung zurückgehe. Und zwar auf der Stelle.«

Anna zieht warnend die Augenbrauen hoch. »Denk an die Guppys.«

Doch ich zucke nur lässig die Schultern. »Dann verpetz mich doch beim Professor. Er wird es bestimmt auch *ganz toll* finden, dass du mich *gezwungen* hast, morgens um vier durch Kreuzberg zu laufen.«

Was Anna kann, kann ich schon lange!

Anna zischt irgendetwas Unverständliches – nichts Freundliches, das ist schon mal klar. Darum frage ich auch nicht weiter nach, sondern mache auf dem Absatz kehrt und marschiere davon.

Drei, vier Schritte, dann hat mich Anna eingeholt.

»Okay, jetzt ist es sowieso schon hell. Dann versuchen wir es eben morgen früh noch mal.«

»Vergiss es!«, rate ich ihr, ohne sie eines Blickes zu würdigen.

Anna sagt nichts. Manchmal weiß wohl auch sie, wann es zwecklos ist.

Wanda ist natürlich längst aufgestanden. Sie hantiert in der Küche herum und es macht wenig Sinn, zu versuchen, unbemerkt an ihr vorbei zu kommen – hier ist einfach alles offen!

»Wo kommt ihr denn her?«

Ich zucke die Schultern. War ja klar, dass Wanda schon auf ist, aber eine plausible Erklärung habe ich mir trotzdem nicht zurechtgelegt.

Anna schon. »Lila wollte unbedingt die Gegend erkunden. Ich habe sie begleitet. Man kann das Kind ja nicht mutterseelenallein durch Kreuzberg rennen lassen«, erklärt sie gönnerhaft.

Mit bleibt glatt die Stimme weg.

»Aber Lila«, Wanda schüttelt verständnislos den dunkelbraunen Pagenkopf. »Wie bist du denn nur auf die Idee gekommen, so früh am Morgen draußen herumzulaufen? Ihr kennt euch hier doch noch gar nicht aus und hättet euch verirren können.«

Anna legt mir den Arm um die Schultern und wiederholt noch einen Zacken scheinheiliger ihre unverschämte Lüge. »Darum habe ich sie ja auch begleitet, Wanda. Ich kann doch meine kleine Schwester nicht hängen lassen.«

Wanda nickt zufrieden. »Ja, zum Glück hat Lila eine so verantwortungsvolle große Schwester.«

Ich japse noch immer nach Luft, so baff bin ich über Annas Dreistigkeit. Doch als ich endlich in der Lage bin, das Ganze richtigzustellen, da ist Anna längst in ihr Zimmer verschwunden.

»Ist noch was, Lilachen?«, fragt Wanda mich.

Natürlich *ist* was!, will ich eigentlich empört erwidern. Aber dann wird mir klar, dass es sowieso sinnlos ist. Im Geschichtenerfinden war ich meiner großen Schwester schon immer total unterlegen.

Und außerdem hatte der frühmorgendliche Ausflug auch was Positives, jetzt weiß ich wenigstens, dass am Paul-Lincke-Ufer die Sonne genauso ungefährlich wie in Grunewald aufgeht.

Was dafür spricht, dass Helene meine Freundin ist und auch bleibt:

1) Wir kennen uns, seit unserer Einschulung und haben uns schon in der ersten großen Pause Ewige-beste-Freundinnen-Freundschaft geschworen (sogar mit in die Hände spucken und verreiben ... ihhhh).
2) Wir gehen ja auch weiterhin in dieselbe Schule und sehen uns den ganzen Vormittag und außerdem sind wir im selben Feldhockeyverein und überaußerdem ist es total bekloppt, dass Helene, nur wegen eines dusseligen Umzugs, nicht mehr meine Freundin sein will!
3) Als wir uns in der dritten Klasse beim Wandertag verlaufen haben und Helene heulend meinte, dass wir jetzt bestimmt wie Hänsel und Gretel enden würden, und ich dann doch den Weg zurück gefunden habe, da hat Helene gesagt, dass sie sooo froh ist, dass ich ihre beste Freundin bin und es für immer so bleiben soll.

Was dagegen spricht, dass Helene meine beste Freundin bleiben will, bzw. was passieren könnte, sodass sich daran etwas ändert:

1) Helenes Eltern sind sehr streng und auch sehr etepetete. Es könnte sein, dass sie Helene verbieten, ein Mädchen aus Kreuzberg (was ich ja nun bin) zur Freundin zu haben.
2) Katharina ist zwar auch irgendwie meine Freundin, aber ganz ehrlich, ich weiß längst, dass sie nur auf einen passenden Moment wartet, damit aus ihr und Helene ABFFIUE werden.
3) Man kann schon mal etwas vergessen (siehe Anna, die mir schon so oft was geschworen und es selten bis nie gehalten hat ☹). Es könnte ja sein, dass Helene ihren heulenden Schwur längst vergessen hat? Oder im Sommercamp etwas passiert, was viel schlimmer ist, und sie schwört Katharina (!) Freundschaft für immer?!

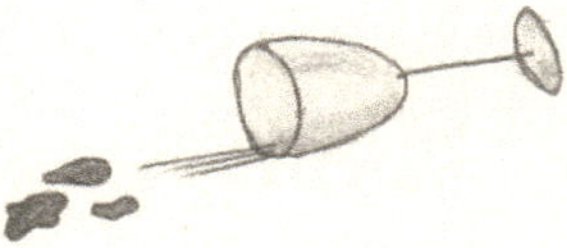

Kapitel 5

Das, in dem viel und schrill gekichert wird

Die Stimmung am Frühstückstisch ist *glänzend.* Anna kaut mürrisch auf ihrem Käsebrötchen herum, der Professor hat sich hinter seiner Tageszeitung verschanzt und Wanda steht mit feuerroten Wangen zwischen den unzähligen, noch nicht ausgepackten Kisten. Man sieht ihr förmlich an, dass sie versucht, sich zurückzuhalten.

Doch als der Professor fragt, ob es noch grünen Tee gibt, platzt es schließlich aus ihr heraus. »Ich verstehe nicht, Herr Professor, warum Sie heute in die Uni müssen? Es sind doch Semesterferien.«

Langsam lässt der Professor die Zeitung sinken und blickt Wanda überrascht an. »Ist das denn ein Problem für Sie, Müllerchen?«

Wanda wird noch röter und stammelt: »Na ja, ich schaffe … äh … das schon alleine … ähm. Aber-

aber Sie haben doch ges-gesagt, dass Sie helfen würden.«

»Wenn du in die Uni gehst«, nutze ich meine Chance, »dann kann ich doch auch am Feriencamp teilnehmen?!«

Nun blickt der Professor *mich* fassungslos an. »Willst du wirklich, dass das Müllerchen dein Zimmer für dich einräumt?«

Nein, das will ich natürlich nicht! Wäre ja noch schöner, wenn Wanda – so lieb ich sie auch habe – in meinen persönlichen Sachen herumwühlen würde. Aber wen stört es, wenn die Kisten noch eine Woche unausgepackt im Zimmer herumstehen? Und außerdem, wenn mein Plan aufgeht, dann bleiben wir hier sowieso nicht wohnen.

Das sage ich jetzt auch dem Professor, also natürlich nicht die Sache mit meinem Plan.

»Tut mir leid, Lila, dass du diesmal nicht am Camp teilnehmen kannst. Aber erstens habe ich dich schon abgemeldet. Zweitens bekommen wir heute Abend Besuch, und es ist mir sehr wichtig, dass du dabei bist«, klärt der Professor mich auf.

»Besuch?«, rufen Anna, Wanda und ich gleichzeitig.

Der Professor nickt. »Ihr tut ja gerade so, als ob das etwas ganz und gar Außergewöhnliches wäre.«

»Ist es ja auch!«, sagt Anna.

»Und wir sind doch noch gar nicht mit dem Auspacken fertig.« Wanda ist völlig aus dem Häuschen. »Alles ist noch rumplig und unordentlich.«

Ich bin ebenso baff. In Grunewald haben wir nur ganz selten Besuch bekommen. Und wenn, dann hat der Professor es Wochen vorher angekündigt. Er hat mit Wanda geplant und geplant und jedes Mal gemeint, dass ihn so etwas schrecklich stressen würde. Mein Vater ist nämlich der absolute Perfektionist – zumindest war das bis vor Kurzem so.

»Was tut ihr denn so überrascht?«, grinst er uns jetzt auch noch vorwurfsvoll an. »Seid doch mal ein bisschen spontan.«

Ich verschlucke mich an meiner Milch, während Wanda ihn anstarrt, als ob ihm eine zweite Nase gewachsen wäre.

»Wer-wer kommt denn überhaupt?«, schafft sie es dennoch einigermaßen gefasst zu fragen.

Täusche ich mich oder verfärbt sich das Gesicht des Professors leicht rosa?

»Ach«, winkt er lässig ab. »Nur zwei Kollegen auf ein Glas Wein und ein paar Kräcker. Nichts großes, alles ganz entspannt und ungezwungen.«

Wer ist bloß dieser Mann? Ich kenne meinen eigenen Vater nicht wieder.

Den Rest des Tages verbringe ich mit Kistenauspacken. Ludger sitzt auf der geöffneten Kleiderschranktür und gibt ab und zu einen krächzenden Laut von sich.

»Du findest dich hier auch noch kein bisschen zurecht, nicht wahr?«

Ludger nickt. Ich bilde mir das nicht ein, denn Ludger ist der klügste Papagei, den ich kenne.

»Eigentlich ist es total überflüssig, die Kisten auszupacken, denn wenn ich dem Professor erst einmal von den angelwütigen Leuten über uns erzähle, dann sind wir garantiert rucki, zucki wieder in Grunewald.«

Ludger kräht und flattert aufgeregt mit den Flügeln.

»Ich arbeite dran, Ludger«, verspreche ich ihm. »Aber du kennst ja den Professor, ich muss erst den richtigen Moment abpassen.«

Ludger ist begeistert, das sehe ich ihm an und ich lasse mich von ihm anstecken. Kreuzberg ist bestimmt nur ein kurzer Ausflug, damit der Professor erkennt, dass wir nach Grunewald in unsere alte Wohnung gehören. – Auch wenn ich leise zugeben muss, dass es am Paul-Lincke-Ufer nicht ganz so verrückt, wild und gefährlich ist, wie ich es mir in meinen finsteren Träumen ausgemalt habe. Der Blick auf den Kanal, die vielen alten Bäume am Ufer und der grüne Innenhof sind eigentlich ganz nett. Aber natürlich nicht mit Grunewald zu vergleichen.

Und selbst wenn ich mich mit dem Gedanken abfinden könnte, hierzubleiben: Dass Angeberbacke Philipp Skobiak direkt über uns wohnt, ist echt nicht zum Aushalten.

Es klopft an meiner Tür und nachdem ich *herein* gerufen habe, steht der Professor in meinem Zimmer und grinst mich fröhlich an.

»Annette bringt übrigens ihren Sohn mit«, erzählt er mir.

Ich schlucke. Und schlucke. Und komme schon wieder aus dem Staunen nicht heraus. Bestimmt nicht wegen Annette. Auch nicht wegen ihres Sohnes. Ich kenne beide nicht und weiß auch nicht, warum er mir das gerade erzählt hat. Ich bin so platt, weil der Professor kein bisschen wie der Professor aussieht. Statt eines seiner geliebten blau karierten Hemden zur Cordhose trägt er ein total modisches T-Shirt und eine leicht verwaschene Jeans. Dazu coole Sneakers, die ich ebenfalls noch nie an ihm gesehen habe. Er muss einkaufen gewesen sein. Und beim Friseur anscheinend auch, denn das lockige blonde Haar, dass er immer mit etwas Gel zurückgekämmt trägt, ist raspelkurz abgeschnitten.

»Du-du warst ja beim Friseur, Papa«, stammle ich erstaunt. »Ich dachte, du wolltest in die Uni?«

Augenzwinkern gesteht er mir: »Nun ja, ich habe ein wenig geflunkert, damit ich in Ruhe einkaufen gehen kann.« Er fährt sich mit der Hand durch den modischen Kurzhaarschnitt. »Gefällt es dir denn?«

Ich zucke die Schultern. Der Professor sieht gut aus. Viel jünger und richtig modern. Aber eben kein bisschen mehr wie mein Vater, und ob mir das gefällt, ganz ehrlich, das weiß ich noch nicht.

»Ich dachte, neue Wohnung, neuer Look.«

Okay, das ist jetzt wohl der Moment, in dem ich ihn auf die Gefahren dieser Wohnung aufmerksam machen muss.

»Du, Papa, ich möchte dich wirklich nicht beunruhigen, aber wir können hier nicht wohnen bleiben.«

Du hast dir also ganz umsonst die Haare abschneiden lassen und dir neuen Klamotten gekauft, füge ich in Gedanken hinzu.

Der Professor schaut mich erstaunt an. »Und warum nicht, Lila?«

Ich hole tief Luft, um die Dramatik noch ein wenig zu steigern, bevor ich mit gesenkter Stimme erkläre: »Über uns wohnt eine Familie und die haben ein abscheuliches Hobby.«

»Und das wäre?«

»Angeln.«

»Im Kanal? Ist das nicht verboten?«

Ich schüttle langsam den Kopf. »Nein, noch viel, viel schlimmer: in fremden Aquarien. Womöglich auch bald in deinen«, prophezeie ich ihm.

Eigentlich sollte der Professor nun panisch das Gesicht verziehen. Stattdessen fängt er schallend an zu lachen.

Hallo? So habe ich mir das aber nicht vorgestellt.

»Lila, Lila, deine Fantasie ist immer wieder erfrischend«, juchzt er. »Wenn ich das Annette erzähle … herrje, sie wird sich köstlich amüsieren.«

Schon wieder diese Annette. Was redet er denn ständig von der? Und außerdem, hat er mir nicht richtig zugehört oder was?

»Papa«, sage ich mit sehr ernster Stimme. »Ich weiß, es klingt ein wenig sonderbar, aber du musst mir glauben. Die Familie über uns hat alle möglichen fiesen Anglertricks drauf und wartet nur auf eine günstige Gelegenheit, um sich deine wertvollen Fische zu schnappen.«

»Wie?«, gluckst der Professor. »Wie wollen sie das denn anstellen?«

Aha, langsam wird ihm also der Ernst der Lage bewusst.

»Sie schleichen sich nachts in unsere Wohnung

und wenn du morgens deine Fische füttern willst, sind sie weg. Okay, vielleicht nicht die Guppys, weil du ziemlich viele davon hast und sie ja auch echt klein sind. Aber die anderen, Papa, ich sag's dir, aaalle weg!«

Jetzt ist dem Professor zwar das Lachen vergangen, trotzdem reagiert er noch immer nicht so, wie ich es mir ausgemalt habe.

Er zeigt mir nämlich einen Vogel.

»Lila, tut mir leid, aber du hast einen Knall!«

Wie bitte?

»Ich bin mir sicher, dass weder Annette, noch ihr Sohn sich nachts in fremde Wohnungen schleichen. Und soweit ich weiß, sind auch beide keine fanatischen Hobbyangler. Aber wenn es dich beruhigt, dann spreche ich sie später mal darauf an?!«

Bevor ich ihn endlich fragen kann, was er ständig von dieser Annette redet und was sie und ihr komischer Sohn mit den verrückten Skobiaks über uns zu tun haben, klingelt es an der Haustür.

»Der Besuch ist da!«, ruft der Professor begeistert und stürmt aus meinem Zimmer.

»Okay, dieser Plan hat noch nicht ganz so hingehauen, wie ich es mir erhofft habe«, sage ich zu Ludger. Er hockt noch immer auf der Kleiderschranktür und sieht ziemlich geknickt aus. »Keine Sorge, ich lasse mir etwas anderes einfallen. Versprochen!«

Bevor ich die Hand zum Schwören heben kann, damit Ludger mir auch wirklich glaubt, kommt Anna in mein Zimmer gerauscht.

»Du sollst anklopfen!«, erinnere ich sie.

»Ja, ja, und du sollst ins Wohnzimmer kommen. Papas Besuch ist da«, mault sie schlecht gelaunt zurück.

»Und was habe ich damit zu tun?«

Schließlich hat der Professor Besuch. Von seinen Uni-Kollegen. Nicht ich.

»Oh Mann, Lila, deine dusseligen Fragen nerven ohne Ende. Was weiß ich denn? Er hat gemeint, ich soll dich holen. Entweder du kommst jetzt oder du kannst mich mal.« Mit diesem Standardspruch rauscht sie wieder aus meinem Zimmer.

»Ludger, Anna ist doof!«, stelle ich fest. Bestimmt nicht zum ersten Mal. Ohhh nein.

Trotzdem trabe ich ihr hinterher. Wer weiß, vielleicht kann ich ja ganz nebenbei von unseren Geht-gar-nicht-Nachbarn und ihrer teuflischen Angellust erzählen. Wenn die Kollegen des Professors mich ernst nehmen, dann er womöglich auch?

Im Wohnzimmer stehen eine Frau und ein Mann. Die Frau trägt eine knallbunte Bluse und ein rote, enge Cordhose, die fast denselben Ton wie ihre wirren roten Locken hat. Um den Hals baumeln ihr mindestens zehn unterschiedlich lange Ketten.

Der Mann ist ebenso farbenfroh gekleidet. Ich bin mir sicher, dass es sich bei den beiden auf gar keinen Fall um Kollegen des Professors handeln kann. Die ich bisher kennengelernt habe, waren bestimmt nicht so schrill angezogen. Eher grau und bieder. Wie der Professor immer – also, bis vor circa einer halben Stunde.

»Du siehst toll aus, Annette«, krächzt der Professor und starrt sie eigenartig an. Beinahe so, als ob sie ein Riesenpfannkuchen mit extra dick Marmelade drauf sei.

»Oh, danke, Jo.«

Okay, das ist also Annette. Aber wer ist Jo?

Anna rammt mir den Ellbogen in die Seite. »Hast du gehört«, raunt sie mir mit aufgeregter Stimme zu, »sie nennt den Professor Jo.«

Bevor ich antworte, nämlich dass ich mir das echt nicht vorstellen kann, dreht der Professor sich zu Anna und mir um und ruft begeistert: »Oh, wie schön, da sind ja Anna und Lila!«

»Ähm … ja, da sind wir«, murmelt Anna skeptisch.

Ich bin mal wieder sprachlos. Das ist wirklich die absolute Pest – ständig fehlen mir die Worte. Und später, wenn längst alle mit etwas ganz anderem beschäftigt sind, dann fallen sie mir wieder ein.

Ätzend!

»Phil ist noch beim Handball. Eigentlich findet in den Ferien ja kein Training statt«, erklärt uns diese Annette vergnügt, während sie erst Anna und dann mir die Hand drückt. »Aber für diejenigen, die nicht wegfahren, besteht die Möglichkeit im kleinen Kreis weiter zu trainieren.«

»Wie toll«, sagt Anna, als ob sie das tatsächlich interessieren würde.

»Das ist es wirklich.« Annette schenkt Anna ein herzliches Lächeln, bevor sie sich an mich wendet. »Und du bist also Lila.«

Ich nicke.

Sie zwinkert mir – wie ich meine – verschwörerisch zu. »Ich hab schon viel von dir gehört.«

Hä? Was hat der Professor dieser Annette denn bitte schön von mir erzählt?

Scheinbar kann sie Gedanken lesen, denn sie schüttelt den Kopf, dass ihre wilden Locken nur so fliegen und erklärt kichernd: »Nein, nein, nicht von Jo. Der erzählt ja eher selten was von Zuhause.« Sie wirft dem Professor einen neckenden Blick zu, und nun bin ich mir sicher, mit Jo ist mein Vater Hans-Joachim gemeint. Wow, ich habe noch niemals gehört, dass irgendjemand *Jo* zu ihm gesagt hat. Mein Vater sieht auch kein bisschen nach *Jo* aus. Der Professor ist ein waschechter *Hans-Joachim*. Also normalerweise.

Doch es kommt noch verrückter, denn nun behauptet sie auch noch: »Phil hat mir von dir erzählt!«

Phil?

Wer. Um. Alles. In. Der. Welt. Ist. Phil?

Und warum redet er mit dieser schrillen Annette über mich? Wie kommt der dazu? Wo wir uns doch nicht einmal kennen?!

Das alles will ich sie fragen, doch meine Lippen pappen zusammen wie zwei Tesafilmstreifen. Verdammt!

Dafür redet diese Annette wie ein Wasserfall.

»Zu Anfang hat sich Phil ja schon etwas schwergetan mit der neuen Schule und natürlich auch dem neuen Umfeld. Aber inzwischen ist er ziemlich froh, dass wir aus Dresden weggezogen sind. Er hat hier in Berlin jede Menge Freunde gefunden und vor allen Dingen einen echt guten Handballverein. Das war ihm wirklich wichtig, denn Handball ist sein Leben.« Sie legt eine kurze Pause ein, um Luft zu holen, bevor sie grinsend erklärt: »Aber das weißt du bestimmt alles, nicht wahr, Lila?!«

Äh … nein, denke ich. Dennoch nicke ich. Irgendwie erscheint mir das richtig. Diese Annette hat eindeutig einen ziemlichen Husch und ich möchte sie nicht unnötig reizen. Wer weiß, wozu die fähig ist.

»Ich habe ja gehört«, sagt plötzlich der Professor

und grinst dabei echt – sorry – dämlich, »dass Phil und du begeisterte Hobbyangler seid?!«

»Was?« Annette klatscht lachend in die Hände. Dabei geben die vielen bunten Perlen- und Holzarmbänder um ihre Handgelenke klackernde Geräusche von sich.

»Wie kommst du denn darauf, Jo?«

Der Professor wirft mir einen komisch-triumphierenden Blick zu, bevor er sich wieder an Annette wendet. »Kann auch sein, dass ich mich getäuscht habe.«

»Okay«, sagt Annette und lacht noch einen Zacken schriller. »Das wäre ja auch echt absurd, Phil und ich in Gummistiefeln bis zu den Oberschenkeln und Angelruten in den Händen. Oder was sagst du dazu, Martin?«

Genau, was sagt eigentlich Martin zu all dem? Bisher hat er nämlich noch keinen Mucks von sich gegeben. Hat einfach nur dagestanden und blöd geguckt.

Doch nun schenkt er Annette ein Grinsen der Marke Hollywood-ich-komme und brummt mit sehr tiefer Stimme: »Ein völlig absurder Gedanke, dem jegliche Grundlage fehlt, sodass ich ihn nur schwer visualisieren kann.«

Okay, bei diesem Martin handelt es sich wohl doch um einen von Papas Professoren-Kollegen. Ganz genauso reden die nämlich.

Und Annette ist bestimmt seine leicht durchgeknallte Frau, die sich so sehr freut, dass sie endlich mal unter normale Menschen darf, dass sie total irre kichert und wirres Zeug redet, kombiniere ich insgeheim.

»Können wir jetzt endlich essen?«, fragt Anna plötzlich.

Der Professor stöhnt. »Anna, bitte benimm dich. Phil ist noch nicht da, wie du gerade wohl mitbekommen hast. Einen Moment wirst du bestimmt noch aushalten. Außerdem ist das Müllerchen noch schnell zum Griechen an der Ecke gelaufen, um ein paar Oliven, Peperoni und etwas Schafskäse zu besorgen.«

»Ihhh, wer will denn sowas essen?«, mault Anna.

Der Professor beachtet ihren Einwand gar nicht, weil Annette nämlich jetzt wissen will: »Ist das Müllerchen deine Haushaltsperle?«

Haushaltsperle? Auweia, wenn Wanda das hört, dann gibt es aber Ärger.

Wie auf Kommando öffnete sich die Wohnungstür und Wanda steht vor uns, schwer atmend und mit knallroten Wangen.

»Ja mei«, keucht sie. »Der Besuch ist ja schon da.«

Annette klatscht schon wieder lachend in die Hände und der Professor kichert hochpeinlich dazu. Nur Martin sagt nichts. Er guckt einfach nur – und denkt sich bestimmt seinen Teil. Womöglich ist ihm seine Frau auch furchtbar peinlich?

Mir wäre sie es. Mit Sicherheit.

Ein sonderbarer Ton erklingt. Als ob irgendwo im Urwald die Eingeborenen die Trommeln schlagen würden. Dazwischen ist eine schrille Stimme zu hören. Wenn mich nicht alles täuscht, quiekt sie: Nun geh schon dran!

Wir gucken uns alle fragend an. Alle! Auch Annette!

Bis sie plötzlich kreischt: »Oh nein, das ist ja mein Handy!«

Kichernd kramt sie ihr Handy aus der bunten Baumwolltasche hervor und surrt in den Hörer: »Hi Phil, what's the matter?«

Aha, Phil ist also Engländer? Hm … wird ja immer komplizierter.

Während Annette den Worten ihres scheinbar englischen Sohnes lauscht, wird ihr fröhliches Gesicht immer dunkler, bis sie schließlich mit hörbar enttäuschter Stimme sagt: »Okay, my dear! See you later!«, und das Telefonat beendet.

»Phil ist total groggy und will nur noch ins Bett. Er lässt sich entschuldigen und richtet euch herzliche Grüße aus.«

»Okay!« Diesmal ist es Anna, die in die Hände

klatscht. »Dann können wir ja jetzt endlich essen. Wanda, du hast doch bestimmt nicht nur so ekelhaftes Zeugs wie Oliven und Würg-Peperoni gekauft?«

Der Professor wirft Anna einen vorwurfsvollen Blick zu. Doch davon bekommt sie nicht mehr viel mit. Sie ist längst zu Wanda in die U-Küche getrabt.

Als ich an diesem Abend ins Bett sinke, habe ich schlimme Ohrenschmerzen. Noch niemals zuvor habe ich jemanden so viel und schrill lachen hören wie Annette. Und das über die eigenen toootal unlustigen Witze.

Schrecklich!

Und noch etwas ist wirklich gruselig. Dass Anna behauptet hat, der Professor sei eindeutig in Annette verschossen.

Natürlich nehme ich das nicht ernst, weil Anna momentan ständig der Meinung ist, dass irgendwer in irgendwen verschossen sei. Das liegt bestimmt daran, dass sie selbst hofft, dass sich endlich mal irgendeiner in sie verknallt. Aber ganz ehrlich, wie irre muss man wohl sein, wenn man Anna länger als drei Minuten am Stück erträgt?

Was dafür spricht, dass der Professor in diese Annette verknallt ist!

1) Wenn er sie anguckt, wird er jedes Mal klatschmohnrot!
2) Er lacht über ihre Witze, dabei sind die kein bisschen lustig!
3) Seine Stimme hört sich total peinlich an, wenn er mit ihr spricht!
4) Er fragt sie ständig, ob sie sich wohlfühlt, ob es ihr gut geht, ob sie noch etwas haben möchte, ob ihr kalt, warm, langweilig ... ist!
5) Wanda starrt diese Annette so richtig, richtig finster an. Außerdem hat sie das Rotweinglas vorhin garantiert mit Absicht umgekippt, und als Annette gemeint hat, dass sie jetzt wohl besser nach Hause geht (mit der pitschnassen Bluse konnte sie ja unmöglich am Tisch sitzen bleiben), hat Wanda plötzlich gestrahlt wie ein Honigkuchenpferd im Fantarausch!

Was dagegen spricht, dass der Professor in die kichernde Annette verschossen ist:

1) Annette ist verheiratet, und ihr Mann, dieser Martin, saß die ganze Zeit neben ihr am Tisch und hat albern über ihre total unlustigen Witze gelacht! Außerdem mag der Professor Martin gern, denn er hat ihm ständig freundschaftlich auf die Schulter gehauen. Und jemanden, den er tooootal gerne mag, in dessen Frau verliebt er sich ganz, ganz sicher nicht!
2) Der Professor ist halt ein höflicher Mann – deshalb lacht er auch über unlustige Witze und erkundigt sich, ob es seinen Gästen an irgendetwas fehlt. Ist doch logisch! Und seeehr nett, finde ich.
3) Wanda wollte einfach nur den Besuch aus dem Haus haben, weil sie noch längst nicht alle Kisten ausgepackt hat. Dass sie ausgerechnet dieser Annette den Rotwein übergegossen hat, war bestimmt nur ein Zufall. Und wie ein Honigkuchenpferd hat sie auch nicht gegrinst, eher erleichtert.

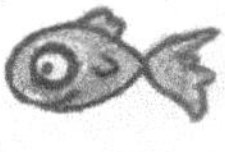

Kapitel 6

Das, in dem Ludger in Gefahr ist

Der Freitag ist mein fünfter Tag in Kreuzberg. Von Helene habe ich immer noch nichts gehört. Ein paar Mal habe ich überlegt, ob ich sie auf dem Handy anrufen soll. Aber dann habe ich mir vorgestellt, sie klingt total fröhlich und glücklich am Telefon, weil sie gerade eine echt tolle Zeit mit Katharina und den anderen im Camp hat. Dass sie den ganzen Tag lauter tolle Sachen machen. Und die halbe Nacht quatschen oder feiern. Der Gedanke hat so furchtbar wehgetan, dass ich das mit dem Anrufen lieber gelassen habe.

Zum Glück ist mir Philipp Blödbacke Skobiak nicht wieder begegnet.

Inzwischen bin ich mir gar nicht mehr so sicher, ob er mich nicht einfach nur veräppelt hat. Womöglich wohnt er gar nicht über uns in der Wohnung. Und den kleinen bunten Aufkleber mit *Familie Skobiak*, unten an den Klingeln, hat er nur draufgeklebt, um mich zu ärgern. Zuzutrauen ist dem so etwas richtig Bescheuertes allemal.

Über Annette, Martin und ihren handballspielenden englischen Sohn haben wir nicht wieder geredet. Allerdings hat Wanda seit dem Abend so finster-schlechte Laune, dass sowieso kaum gesprochen wird. Das kann aber auch daran liegen, dass der Professor nie da ist und Wanda mit dem ganzen Umzugskram alleine dasteht. Angeblich ist er in der Uni. Doch ich kann mir wirklich nicht vorstellen, dass er in den modischen Klamotten, die er seit Neustem trägt, dorthin trabt. Seine Studenten würde doch glatt der Schlag treffen. Wanda kann sich's wohl auch nicht vorstellen und deshalb hat sie schlechte Laune.

Anna ist auch ständig unterwegs. Ihren *Kiez* erkunden, sagt sie immer und tut dabei total lässig. Mir soll's egal sein. Hauptsache, sie zerrt mich nicht wieder mitten in der Nacht aus dem Bett.

»Lila, was hältst du denn davon, wenn wir beide rüber ans Maybachufer gehen?«, fragt mich Wanda, als ich in die U-Küche getrabt komme, um nachzuschauen, ob das Mittagessen schon fertig ist. Ist es aber nicht. Null!

»Ich habe heute keine Lust zum Kochen. Aber wir könnten drüben auf dem Markt eine Currywurst mit Pommes essen! Was meinst du?«

Ich zucke gleichgültig mit den Schultern. »Mir egal.«

Wanda umfasst meine Oberarme und zwingt mich mit sanfter Gewalt, ihr direkt ins Gesicht zu sehen. »Lila, Lila, du gefällst mir gar nicht. Draußen scheint die Sonne und du hast in den letzten Tagen die Wohnung nicht einmal verlassen.«

»Ich musste schließlich die Kisten auspacken«, verteidige ich mich halbherzig.

Wanda streicht mir eine lange Haarsträhne, die sich aus meinem Zopf gelöst hat, hinters rechte Ohr zurück.

»Aber jetzt ist alles ausgepackt und du kannst mich mit ruhigem Gewissen auf den Markt begleiten«, findet sie.

Ich will nicht. Echt nicht. Überhaupt nicht. Aber mir fällt mal wieder keine passende Ausrede ein. So bleibt mir am Ende nichts anderes übrig, als mit ihr zu gehen. Verdammt!

Auf dem Markt herrscht buntes Treiben. Die Leute schwirren von Stand zu Stand. Hier preist ein Händler lauthals sein frisches Obst an, dort will einer unbedingt seine fangfrischen Aale loswerden.

Ich schlendere Wanda hinterher und finde alles doof. Ganz besonders mich, weil ich immer weiter in dieses Stimmungstief rutsche. Wenn ich nicht aufpasse, dann liege ich bald beim Professor im Arbeitszimmer auf der Couch, und er redet mir mehr Probleme ein, als ich überhaupt habe.

Die Currywurstsoße ist viel zu scharf, die Pommes zu wabbelig. Über den Blumenstrauß, den Wanda auf dem Markt für mich kauft und mit einem herzlichen Lächeln auf den kleinen Tisch in meinem Zimmer stellt, kann ich mich auch nicht freuen.

Ich vermisse mein altes Zuhause, ich vermisse Helene und ja, ich vermisse sogar Katharina. Obwohl ich mir absolut sicher bin, dass sie gerade alles daran setzt, sich meine beste Freundin unter den Nagel zu reißen. Katharina kann nämlich manchmal eine ziemlich falsche Schlange sein. Leider will Helene das nicht kapieren.

Ludger scheint es ähnlich zu gehen. Seit dem Umzug flattert er von Schrank zu Schrank, von Gardinenstange zu Gardinenstange und scheint dennoch keinen Lieblingsplatz zu finden. Nur die Fische in den Aquarien blubbern fröhlich vor sich hin, als ob sich nichts geändert hätte.

Ich laufe in meinem Zimmer auf und ab. Fühle mich wie ein Tiger, der sich mit dem Umzug ins Zoogehege einfach nicht abfinden kann. Irgendwann habe ich das Telefon in der Hand. Keine Ahnung wie es dorthin gekommen ist. Eine Weile stehe ich da und starre es wie einen Alien an. Soll ich Helene nicht vielleicht doch anrufen? Ludger flattert um mich herum. Ganz so, als ob er mir sagen will: Nun mach schon, Lila! Ruf sie an!

Okay, dann mache ich das jetzt.

Mit zittrigen Fingern wähle ich ihre Nummer und lausche dann in den Hörer. Mein Herz überschlägt sich fast vor Aufregung, während ich hoffe, dass sie sich nicht allzu happy anhört – oder anders, dass sie sich total freut, dass ich am Telefon bin. Eben, dass sie mich nicht schon längst vergessen und abgehakt hat.

Ludger fliegt wieder haarscharf über meinen Kopf hinweg. Irgendwie nervt er mich jetzt. Verdammt, was soll das? Ich rufe Helene doch an. Was kann ich denn dafür, dass sie einfach nicht abnimmt?

Gedankenverloren öffne ich das Fenster. Wenn Ludger so aufgeregt ist, dann tut ihm eine kleine Flatterrunde an der frischen Luft meistens sehr gut. Danach ist er dann wie ausgewechselt. Wesentlich entspannter. Frische Luft wirkt halt auch bei Papageien Wunder.

Kaum habe ich das Fenster weit aufgezogen, da fliegt er auch schon ins Freie.

Zeitgleich springt Helenes Mailbox an. Mist!

Im nächsten Moment ertönt von draußen ein lautes Hupen. Enttäuscht werfe ich das Telefon auf mein

Bett und lehne mich dann über den Fenstersims nach draußen. Was hupen die denn da unten so herum? In Grunewald hat nie jemand gehupt. Zumindest nicht so nervtötend.

Ich blicke Ludger hinterher. Er flattert Richtung Kanal davon.

RICHTUNG KANAL???

Verdammt! Oh nein! Was habe ich getan?! Wir sind nicht mehr in Grunewald, wo Ludger sich auskennt, eine Runde im Garten dreht und fröhlich wieder zum Fenster hineingeflogen kommt.

Oh nein-nein! Wir sind doch umgezogen. Nach Schrecklich-Gefährlich-Kreuzberg!

»Ludger!«, rufe ich ihm hinterher. »Ludger, komm zurück!«

Doch mein Rufen wird von dem doofen Hupen unten auf der Straße übertönt. Ludger fliegt weiter und weiter und ich kann ihm nur fassungslos hinterherstarren.

Ich hetze zur Tür, reiße sie auf, rufe nach Wanda und bekomme keine Antwort.

Wanda ist nicht da. Sie muss noch mal rausgegangen sein, ohne mir Bescheid zu sagen.

Verdammt!

»Du bist so blöd, Lila. Warum hast du das nur getan. So gedankenlos kann man doch gar nicht sein«, schimpfe ich mich selbst aus, während ich die Wohnungstür aufreiße und ins Treppenhaus hinauseile.

Immer zwei Stufen auf einmal nehmend stürme ich die Treppe hinunter. Keuchend reiße ich die Haustür auf und springe ins Freie.

»Ludger!«, rufe ich in den Himmel. »Ludger, wo bist du?«

Suchend schaue ich mich nach allen Seiten um. Aber von Ludger ist nichts zu sehen. Er ist verschwunden.

Vielleicht ist er längst über den Kanal geflattert? Womöglich ist er sogar abgestürzt? Der allerbeste Flieger ist Ludger nämlich nicht gerade.

Oh nein, armer, armer Ludger. Und wer ist schuld? Natürlich ich!

Doch was ist das? Ludger! Zum Glück, er flattert noch, gesund und munter. Und zwar zielstrebig rüber zum Maybachufer.

»Ludger! Nicht weiterfliegen! Komm zurück!«

Doch er reagiert nicht. Also renne ich los. Mir doch egal, dass die Autos meinetwegen quietschend eine Vollbremsung hinlegen müssen. Und für den älteren Mann, den ich fast vom Rad hole und der mir wütend hinterher grölt: »Sag mal, spinnst du denn?!«, habe ich nur ein gehetztes »Entschuldigung!« übrig. Ich renne einfach weiter.

Inzwischen ist Ludger am anderen Ufer angekommen. Ich kann ihn sehen. Er flattert direkt auf den Wochenmarkt zu.

Oh nein! Und was, wenn ihn einer der Markthändler einfängt und ihn als Papagei am Spieß seinen Kunden anbietet? Die verkaufen dort alles. Alles! Hab ich doch selbst gerade gesehen.

Das darf ich nicht zulassen. Niemand darf Ludger so einfach aufspießen und dann als Grill-Papagei verkaufen.

Auf. Gar. Keinen. Fall.

Ich hetze von der Brücke, biege scharf rechts ein und bin auch schon mittendrin im turbulenten Markttreiben.

Von Ludger ist jedoch nichts mehr zu sehen. Ich habe ihn aus den Augen verloren. Er ist weg. Einfach verschwunden.

Keine Ahnung, wie lange ich hin- und herlaufe und nach Ludger suche. Irgendwann beginnen die Händler damit, ihre Waren einzupacken und die Marktstände abzubauen. Ich kapiere, dass ich Ludger wohl tatsächlich verloren habe.

Ich möchte heulen und mich gleichzeitig selbst ohrfeigen. Aber letztendlich schleppe ich mich nur mit schweren Schritten zurück auf die andere Kanalseite.

Noch einmal suche ich sämtliche Bäume nach Ludger ab. Ohne Erfolg.

Doch plötzlich kommt mir etwas in den Sinn: Und wenn er nun den Weg zurückgefunden hat und längst wieder ins Zimmer geflogen ist? In Grunewald hat er auch manchmal ganz schön weite Strecken zurückgelegt und dennoch immer unser Fenster wiedergefunden. Klar doch, Ludger ist das zuzutrauen. Schließlich ist er alles andere als blöd.

Plötzlich bin ich wie elektrisiert. Ich renne los, stürme ins Treppenhaus und will gerade die Stufen hochstürzen, da fällt mein Blick durch eines der großen Treppenhausfenster in den Innenhof.

Ich traue meinen Augen nicht. Ludger sitzt friedlich auf einer Wäscheleine. Das gibt es doch gar nicht. Überall habe ich nach ihm gesucht, und der verrückte Kerl sitzt unterdessen ganz entspannt im Innenhof herum. Gleichzeitig bin ich wirklich stolz auf Ludger, obwohl er sich hier noch überhaupt nicht auskennt, hat er den Weg zurückgefunden. Ludger ist wirklich der klügste Papagei aller Zeiten, finde ich.

»Ludger, da bist du ja«, juble ich erleichtert und bin schon wieder auf dem Weg nach unten. Ich hetze ums Haus herum, erreiche den Innenhof und sehe gerade noch wie Oberidiot Philipp Skobiak mit einem Tennisball nach Ludger wirft.

»Bist du denn total bescheuert«, kreische ich. »Hör sofort auf damit!«

Doch es ist zu spät. Der Ball trifft den armen unschuldigen Ludger, sodass der mit einem erschrockenen Krächzen von der Leine plumpst. »Ludger, pass auf!«, rufe ich.

»Oh, das wollte ich nicht«, brummt Philipp. »Wirklich nicht!«

Aber abgeworfen hat er den armen Ludger trotzdem. Ob nun gewollte oder nicht.

Was für ein Blödian!

Wie ich Geld für Ludgers Tierarztrechnung verdienen kann:

1) Ich könnte zweimal die Woche als Marktschreierin arbeiten. Meine Stimme kann ziemlich durchdringend sein.
2) Ich könnte für Wanda einkaufen gehen und eventuell im Supermarkt auf ältere Damen treffen, denen ich die schweren Einkaufstaschen nach Hause trage, und die mich daraufhin als ihre persönliche Einkäuferin engagieren.
3) Ich könnte in der Tierklinik fragen, ob ich als Tierpflegerin anfangen kann.
4) Ich könnte jeden Samstag die sieben Aquarien des Professors sauber machen und zusätzlich einmal im Monat den Sauerstoffgehalt überprüfen.
5) Ich könnte mich als Zeitungsausträgerin bewerben.

Was total und absolut dagegen spricht:

1) Nur der Fischhändler hat seine Ware (argh!) schreiend angeboten. Aber ich hasse ekelhaft glitschige Aale. Und was tue ich, wenn er plötzlich verlangt, dass ich den Kunden die Aale auch einpacke? Nee, das geht gar nicht!
2) Wandas Lieblingsbeschäftigung (neben Backen und Stickbildern) ist Einkaufen. Sie liebt das tooootal. Und darum treffe ich nicht auf ältere Damen und werde so bestimmt kein Geld für Ludger verdienen. Doppelmist!
3) Ich kann kein Blut sehen! Ich werde kalkweiß und kippe um. In so einer Tierklinik blutet bestimmt ständig irgendein Hamster, Hund, Elefant ...
4) Dabei muss ich eh schon immer helfen. Und wenn ich nun Geld dafür verlange, dann hält der Professor mir bestimmt einen stundenlangen Vortrag über Familienaufgaben.
5) Nee, niemals, ich watschle doch nicht im Stockdunkeln durch Kreuzberg (Hiiilfe!).

Kapitel 7

Das, in dem ich dem Tierarzt (zuerst) nicht vertraue

Die gute Nachricht: Ludger lebt noch.

Er sitzt neben der Wäschestange und wirkt zwar leicht bedröppelt, aber seine Augen sind offen und er atmet. Puhhh …

Die schlechte Nachricht: Philipp Skobiak steht neben ihm und tut so, als ob er nichts verbrochen hätte. Er besitzt sogar die Unverschämtheit, mich dusselig anzugrinsen und zu fragen: »Ist das deiner? Tut mir leid, ich wollte ihn nicht treffen, nur verjagen.«

Ich antworte nicht. Wenigstens nicht mit Worten. Ich hole aus – und zwar so richtig – und verpasse dem behämmerten Oberblödsuperkrötengrinsheini eine Ohrfeige.

Waaatsch!

»Aua!« Philipp hat Augen wie Untertassen, während er sich die Wange reibt. »Hast du ’n Rad ab?!«

»Verschwinde«, keife ich ihn an. »Und komm bloß niiie wieder!« Damit will ich mich runter zu Ludger beugen. Doch soweit komme ich nicht. Philipp hält mich am Pferdeschwanz fest.

Spinnt der jetzt total?

»Lass mich los!«

Macht er aber nicht. Er besitzt sogar die Frechheit und zieht mich an meinen langen Haaren noch höher. Das tut weh. Und zwar richtig.

»Aua«, jammere ich und funkle ihn böse an.

Er lässt meinen Zopf los. Allerdings nur, um zu knurren: »Wie du mir, so ich dir.«

Im nächsten Moment hebt er die linke Hand. Der will mir tatsächlich auch eine runterhauen. Ich fasse es nicht.

Zum Wegrennen ist es zu spät. Instinktiv kneife ich die Augen zusammen und ducke mich leicht. Ich erwarte den Schlag, doch er kommt nicht. Dafür höre ich eine helle Stimme rufen: »Hey, Phil, hör sofort auf damit!«

Vorsichtig öffne ich die Augen. Philipp steht zwar immer noch vor mir, aber er hat die Hand wieder runtergenommen. Auf seiner rechten Wange sind deutlich und knallrot die Abdrücke meiner Finger zu sehen. Neben ihm steht nun plötzlich ein Mädchen mit kurzen, schwarzen Haaren. Ihre ebenso dunklen Augen sind fragend auf Philipp gerichtet. »Was ist denn hier los?«

»Die blöde Zicke hat mir eine runtergehauen«, motzt Philipp. »Ich wollte mich nur dafür revanchieren.«

Das Mädchen betrachtet Philipps Wange. »Oh ja, jetzt sehe ich es. Sieht echt übel aus. Muss ein ganz schön fester Schlag gewesen sein.« Täusche ich mich oder habe ich da gerade eine gewisse Hochachtung in ihrer Stimme gehört?

Philipps Augen werden zu Schlitzen, während seine Nasenlöcher sich weit aufblähen. Ich fürchte, ihm ist ihre offensichtliche Bewunderung auch nicht entgangen und das hat ihn nun noch wütender gemacht.

Es ist jetzt nicht so, dass ich Angst vor dem Angeberlackaffen habe, aber hinter ihm am Boden hockt Ludger und um den möchte ich mich endlich kümmern. Also erkläre ich: »Tut mir leid. Ich wollte nicht so doll zuschlagen. Aber was wirfst du Ludger auch mit 'nem Ball ab?!«

»Ludger?«, fragt das Mädchen.

Ich deute hinter sie. Dort wo der arme Ludger noch immer am Boden hockt und darauf wartet, dass sich jetzt mal endlich jemand um ihn kümmert.

»Mein Papagei.«

»Du hast mit einem Ball nach dem Papagei geworfen?« Das Mädchen starrt Philipp mit einer Mischung aus Fassungslosigkeit und Ärger an. »Spinnst du? Warum machst du denn sowas Fieses?«

»Ich wollte ihn doch gar nicht treffen«, versucht Philipp sich jetzt kleinlaut rauszureden. »Er sollte nur von meinem Handballtrikot runterkommen. Einmal draufgekackt hat er nämlich schon.«

Was interessiert mich sein dusseliges Trikot? Was interessiert mich Philipp? Was interessierte mich dieses fremde Mädchen? Ich muss mich jetzt endlich um Ludger kümmern. Also schiebe ich Philipp entschlossen zur Seite und bin auch schon neben Ludger am Boden. Sein kleines Herz pochert deutlich sichtbar unter seinem bunten Gefieder. Vorsichtig umfasse ich ihn und hebe ihn hoch. »Alles ist gut, Ludger. Du brauchst keine Angst mehr zu haben. Jetzt bist du in Sicherheit.«

»Ich glaube, sein rechter Flügel ist gebrochen.« Plötzlich ist das dunkelhaarige Mädchen neben mir und betrachtet Ludger mit besorgtem Blick. »Ich hab mal bei uns hinterm Restaurant 'ne Taube gefunden und sie zum Tierarzt gebracht. Der Flügel hat genauso runtergehangen und der Arzt hat gemeint, er sei gebrochen.«

»Und … und was ist aus der Taube geworden?«, frage ich angstvoll.

Das Mädchen seufzt. »Na ja, ich wollte sie behalten und gesund pflegen. Aber meine Eltern haben es nicht erlaubt.«

»Und dann?«, will ich wissen. »Was ist dann mit der Taube passiert?«

Jetzt sieht das Mädchen so richtig geknickt aus. »Ich denke, sie ist dann direkt ins Tauben-Nirwana geflattert.«

»Und das hast du einfach so zugelassen?«, motze ich sie fassungslos an. Wie fies ist das denn bitte schön?

»Weißt du eigentlich, was so eine Behandlung beim Tierarzt kostet?«, verteidigt sie sich hörbar gekränkt. »Mein Taschengeld hätte dafür bestimmt nicht ausgereicht. Und der Tierarzt wollte Geld sehen. Der war echt erbarmungslos.«

»Außerdem gibt es in Berlin sowieso viel zu viele Tauben«, meint nun auch noch Philipp Oberidiot sich einmischen zu müssen.

Am liebsten würde ich ihm für diesen gemeinen Kommentar gleich noch eine scheuern.

»Mann, Phil, auf so einen dusseligen Spruch kann ich echt verzichten«, blafft das Mädchen ihn zornig an. »Manchmal bist du einfach nur oberbescheuert!«

Ich kann ihr nur recht geben. Und für den Bruchteil einer Sekunde über Phil nachdenken. Wo und wann habe ich in den letzten Tagen schon mal gehört, dass jemand jemanden so genannt hat? Aber dann wische ich den Gedanken sofort wieder beiseite. Ich muss mich jetzt endlich um Ludger kümmern.

»Kannst du mir sagen, wo der Tierarzt ist?«, frage ich das Mädchen.

Sie nickt mit dem ganzen Oberkörper. »Klar doch. Ist gleich bei uns um die Ecke. Wenn du magst, dann begleite ich dich.«

Jetzt nicke ich, woraufhin das Mädchen mich anlächelt und erklärt: »Ich bin übrigens Niki.«

»Lila«, erwidere ich. »Ich heiße Lila.«

Zehn Minuten später stehen wir vor einem knallbunten Haus. Ich bin mir sicher, dass Niki sich in der Adresse geirrt hat. In so einem wilden Haus kann sich unmöglich eine Tierarztpraxis befinden. Ich war zwar noch nicht oft beim Tierarzt – ehrlich gesagt nur einmal mit Wanda, als Ludger aus unerklärlichen Gründen unheimlich viele Federn ausgefallen sind. Die Tierarztpraxis in Grunewald sah jedoch ganz, ganz anders aus. Ordentlich und vertrauenerweckend und sehr, sehr weiß.

»Was wollen wir denn *hier*?«, frage ich Niki deshalb auch leicht verwirrt, während ich Ludger fest umschlungen halte. »Das sieht aber kein bisschen nach Tierarztpraxis aus.«

Doch Niki winkt ab. »Auf den ersten Blick vielleicht nicht. Aber glaub mir, der Knups ist voll in Ordnung und kennt sich richtig gut mit Tieren aus.«

»Knups?«

»Eigentlich Doktor Knuppe-Peterß, aber so nennt ihn kein Mensch. Alle sagen Knups zu ihm.«

Bevor ich etwas erwidern kann – zum Beispiel dass es mich wundert, dass sie soo gut über den Tierarzt Bescheid weiß, wo sie doch nur ein einziges Mal mit der Taube bei ihm war – hat Niki schon geklingelt.

Es dauert keine Minute, da wird die Tür stürmisch aufgerissen und ein junger Mann mit dunklen, halblangen Haaren und einem kleinen silbernen Ring, der an seinem rechten Ohrläppchen baumelt, steht vor uns.

»Oh, hi Niki. Na, was hast du heute wieder *gefunden?*«

Gefunden?

Niki lacht. »Nee, nee, ich bin diesmal nur die Begleitung. Lilas Papagei ist verletzt. Ich schätze, der rechte Flügel ist gebrochen. Seine Augen sind etwas trüb. Er könnte also auch 'ne leichte Gehirnerschütterung haben.«

»Dann schau ich mir am besten mal an, was mit Lilas Papagei los ist«, erwidert er und lächelt mich an.

Ich rühre mich nicht von der Stelle. Ich stehe einfach nur da und drücke Ludger fest an mich. Das ist kein echter Tierarzt. Dazu ist er viel zu jung, und außerdem, ich habe noch niemals einen Tierarzt gesehen, der eine schwarze Lederhose und ein T-Shirt mit irgend so einem Star-Wars-Motiv darauf anhat.

Der angebliche Tierarzt sieht mich prüfend an. »Magst du mit deinem Papageien mit mir ins Behandlungszimmer kommen?«

Ich schlucke schwer. »Ich-ich weiß nicht.«

»Lila!« Niki verpasst mir einen leichten Ellbogenrempler gegen den Oberarm. »Jetzt geh schon rein!«

Ich will trotzdem nicht. Aber Niki schiebt mich einfach über die Schwelle. Ehe ich mich versehe, sind wir im Behandlungszimmer.

»Das ist ja wirklich eine Tierarztpraxis«, rutscht es mir erstaunt heraus.

Knups lacht. »Na klar, hast du gedacht, hier wohnen Punker oder was?«

Ich fühle mich ertappt und schäme mich deshalb ketchuprot. Und dann fällt mir noch etwas ein. Etwas wirklich, wirklich Peinliches.

»Ich-ich habe … ähm … ich meine, ich bin jetzt einfach so losgelaufen. Jetzt habe ich gar kein Geld dabei.«

»Tja …«. Knups nimmt mir Ludger aus den Händen und setzt ihn vorsichtig auf den Behandlungstisch, der ganz genauso aussieht wie der bei dem Grunewalder Tierarzt. »Dann weiß ich jetzt auch nicht, was wir mit dem Kerlchen hier anfangen sollen.«

Auweia, jetzt schlägt er bestimmt die Sache mit dem Tauben-Nirwana vor, von der Niki vorhin erzählt hat.

Aber nicht mit Ludger. Niemals!

»Ich hab's mir anders überlegt«, erkläre ich entschlossen und strecke die Hände nach Ludger aus. »Ludger flattert bestimmt nicht ins Papagei-Nirwana oder wie das heißt!«

»Quatsch, Lila, das war doch ein ganz anderer Tierarzt«, sagt Niki. »Da kannte ich Knups noch gar nicht.«

Knups sieht irritiert zwischen Niki und mir hin und her, bevor er langsam den Kopf schüttelt. »Hm, ich weiß zwar nicht, worüber ihr gerade redet, aber ich kann dir versichern, ich habe nur einen kleinen Scherz gemacht. Natürlich behandele ich deinen Ludger. Und was das Geld betrifft, da finden wir schon eine Lösung. Jetzt ist erst einmal nur Ludger wichtig.«

Mir fallen mindestens zehn Felsbrocken vom Herzen, so erleichtert bin ich. Auch weil ich jetzt nicht sofort den Professor anrufen muss, damit er hierherkommt und die Rechnung bezahlt. Irgendwie brauche ich noch einen Moment Zeit, um mir eine gute Erklärung für mein komplett dusseliges Verhalten einfallen zu lassen.

Einfach nur: Ich war in Gedanken und hab versehentlich das Fenster aufgemacht!, hört sich echt doof an. Andrerseits, es war auch echt doof von mir!

Okay, ich werde einfach später meine Liste *befragen*.

Als wir das knallbunte Tierarzthaus bald darauf wieder verlassen, atme ich erleichtert durch.

Ludgers Flügelknochen ist nur angebrochen. Zur Unterstützung der Heilung hat Knups mir Traumeel-Tropfen mitgegeben, die ich Ludger ins Trinkwasser träufeln soll. Spätestens nach zwei Wochen soll er wieder ganz der Alte sein, hat Knups gesagt. Natürlich muss ich darauf achten, dass er nicht großartig herumflattert, sondern schön in seiner Voliere sitzt und sich schont. Aber das kriege ich hin.

»Du, Niki«, sage ich und lächle sie dankbar an, »das war echt nett von dir, dass du mich begleitest hast.«

Niki winkt lässig ab. »Ach was, war doch kein Ding. Außerdem habe ich Knups mindestens schon eine Woche nicht gesehen. Wurde also mal wieder dringend Zeit.«

Ich hebe die Augenbrauen. »Wow, hast du so viele Haustiere, dass du ständig zum Tierarzt musst oder was?«

Doch Niki schüttelt den Kopf und schickt noch einen kummervollen Seufzer hinterher. »Nö, leider habe ich überhaupt kein Haustier.«

»Und was machst du dann ständig beim Tierarzt?«

»Na ja, *ständig* bin ich nicht da«, meint Niki. »Höchstens so sechs-, siebenmal im Monat.«

»Was?« Ich muss mich verhört haben. »Aber warum? Du hast doch kein eigenes Haustier.«

Niki schaut mich betrübt an. »Ach Lila, du ahnst gar nicht, wie viele kranke und verlassene Tiere es in so einer Großstadt wie Berlin gibt. Mal ist es ein Hund, den keiner mehr will und der halb verhungert durch die Straßen irrt, dann eine kleine Katze, die angefahren wurde. Meist bringe ich Knups kleine Vögel, die irgendwo aus dem Nest gefallen sind. Aber neulich hab ich eine Ratte gefunden und …«

»Eine Ratte?«, falle ich ihr ins Wort. »Du hast echt eine Ratte angefasst und zum Tierarzt gebracht?«

»Na klar, sie hatte sich irgendwo den Schwanz eingeklemmt und dann hat sich der restliche Stumpf schlimm entzündet. Wenn ich sie nicht zu Knups gebracht hätte, wäre sie glatt daran gestorben.«

Ich kann Niki nur fassungslos anstarren. Niemals zuvor habe ich von jemand gehört, der Ratten zum Tierarzt bringt. Unser Hausmeister in Grunewald hat sogar regelmäßig giftige Köder ausgelegt, damit sich dort bloß keine Ratten ansiedeln. Und Niki sammelt sie auf und schleppt sie zum Tierarzt. Unglaublich – aber auch irgendwie toll, finde ich.

Als wir am Paul-Lincke-Ufer 7 angekommen sind, kenne ich bestimmt jedes Tier, das Niki bisher gerettet hat, aber über sie selbst habe ich nichts erfahren.

»Wo wohnst du eigentlich?«, frage ich sie.

»Auf der anderen Kanalseite. Meinen Eltern gehört das griechische Restaurant Taverna To Koutouki am Kottbuser Damm. Wir wohnen direkt darüber.«

»Du bist Griechin?«, staune ich.

»Was dagegen?«, grinst Niki.

Bevor ich ihr erklären kann, dass ich das *so* gar nicht gemeint habe, macht sich Ludger in seiner Papptransportkiste bemerkbar.

»Du solltest den armen Ludger jetzt lieber in seine Voliere bringen. Er hat bestimmt ’nen ordentlichen Schock«, meint Niki.

»Ja«, nicke ich. »Du hast recht.«

Niki hebt die Hand zum Gruß und hüpft wie ein Flummi davon. Einen Moment lang sehe ich ihr hinterher, bevor mir endlich einfällt ihr nachzurufen: »Was hast du eigentlich in unserem Hinterhof gemacht, Niki?«

Sie bleibt stehen. »Eigentlich wollte ich Phil besuchen. Aber der war ja gerade damit beschäftigt, den armen Ludger abzuwerfen.«

»Ach so«, krächze ich und langsam geht mir ein Licht auf. So ist das also. Leider. Voll blöd.

Was ich an Niki tooootal gut finde:

1) Niki geht nicht, sie hüpft. Das ist superlustig. Außerdem sind ihre Grübchen echt witzig.
2) Sie ist richtig, richtig mutig, ich meine, ich würde mich niemals trauen, eine Ratte anzufassen! Ganz, ganz sicher nicht!
3) Niki ist wirklich hilfsbereit. Sie kannte mich nicht einmal und hat mich trotzdem zum Tierarzt begleitet. Außerdem hat sie Philipp davon abgehalten, mir eine zurückzuscheuern.
4) Niki hat ein großes Herz für Tiere!
5) Niki ist Griechin. Das finde ich superspannend, weil ich noch niemals eine echte Griechin kennengelernt habe.
6) Niki kennt sich in Kreuzberg voll gut aus. Sie weiß zum Beispiel, zu welchem Tierarzt man gehen kann und zu welchem besser nicht.

Was nicht so toll an Niki ist:

Inzwischen habe ich kapiert, dass Philipp Skobiak »Phil« ist: der Sohn von Annette und Martin und außerdem Nikis Freund. Tja, und wer mit Philipp Oberblödidiot befreundet ist, der kann unmöglich nett und okay sein. Darum muss ich mich sehr in Niki getäuscht haben. Und deshalb brauche ich auch gar nicht weiter darüber nachdenken, ob ich vielleicht Niki mal besuchen gehe, weil ich sie schon ziemlich lustig und nett fand. Wer nämlich mit Philipp befreundet ist (ich weiß, ich wiederhole mich), der kann unmöglich mit mir befreundet sein!
So einfach ist das!
Aber auch irgendwie schade ... ☹

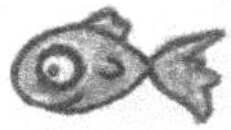

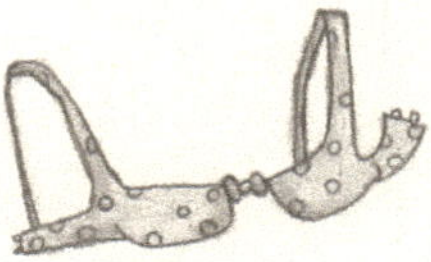

Kapitel 8

Das mit dem ausgestopften BH

Oben im Loft muss ich ausgerechnet Anna in die Arme laufen. Sie sieht aus wie ein Indianer auf Kriegsfuß, mit dem grünen Lidschatten, den knallroten Rougewangen und Lippen.

Aber da ist noch etwas anderes an ihr, das mich viel mehr *staunen* lässt.

»Hast du dir den BH ausgestopft?« Ich weiß, sie hasst mich für diese Frage. Aber anders kann ich mir *die Sache* unter ihrem knallengen T-Shirt nicht erklären.

Prompt zeigt Anna mir einen Vogel und keift: »Bist du bescheuert! Natürlich nicht!«

Ja, ich sollte jetzt besser meinen Mund halten. Zumal ich mit dem verletzten Ludger in der Schachtel nicht unbedingt einen Streit heraufbeschwören sollte.

»Dann ist dir quasi über Nacht ein richtiger Busen gewachsen?«, rutscht es mir dennoch heraus.

Annas Gesicht verfärbt sich noch dunkelroter, als es eh schon unter der ganzen Schminke ist.

»Du … du …«, schnauft sie, »… bist so blöd!«

Ich zucke mit den Schultern. »Fragen darf man doch wohl mal, oder?«

»Nein, *du* darfst das bestimmt nicht! Außerdem ist das der größte Blödmist, den du jemals von dir gegeben hast, und wenn du auch nur ein Wort zu …« Mitten im Satz stockt Anna, starrt auf die Pappkiste in meinen Händen und zischt: »Was ist da drin?«

»Nichts«, lüge ich, ohne rot zu werden. Innerlich ärgere ich mich jedoch feurig rot. Warum bin ich dusseliges Schaf nicht einfach an Anna vorbeigegangen?

»Klar doch«, verhöhnt sie mich. »Du rennst mit einer Pappschachtel voll *nichts* in der Gegend herum.«

Eh ich mich versehe, hat sie mir die Schachtel entrissen und den kleinen oberen Deckel geöffnet. Darauf hat Ludger nur gewartet. Endlich wieder in Freiheit!

Er flattert aus der Kiste, kommt wegen des angebrochenen Flügels natürlich nicht allzu weit und legt eine bühnenreife Bruchlandung aufs Holzparkett hin.

Anstatt sich um den armen Ludger zu sorgen, grinst Anna schadenfroh.

»Tja, Schwesterherz, auf die Erklärung bin ich echt gespannt«, säuselt sie gehässig.

Ich renne zu Ludger, hebe ihn vom Boden auf und trage ihn in seine Voliere. Dort setze ich ihn auf die oberste Stange und schließe dann das kleine Gatter.

Natürlich ist Anna mir hinterhergetrabt und lässt mich nicht eine Sekunde aus den Augen.

»Ich warte, Lila«, erklärt sie noch immer hämisch grinsend.

»Ludger hat sich den Flügel angebrochen und ich war mit ihm beim Tierarzt«, sage ich. Entspricht ja auch der Wahrheit.

»Aha, und wie ist das passiert? Und warum war der Professor nicht mit? Schließlich ist Ludger sein Ein und Alles.«

Anna hat Lunte gerochen. Sie hat einfach ein Gespür dafür, wenn ich irgendetwas verbockt habe. Das war schon immer so. Nur dass sie mir früher aus der Patsche geholfen hat. Immer. Egal was es war. Doch seitdem die Synapsen in ihrem Kopf verrücktspielen, sie nur noch von Liebe und diesem peinlichen Zeugs redet und regelmäßig mit dem Gesicht in den Tuschkasten fällt, wartet sie nur darauf, mir eins auszuwischen. Das hätte ich wohl besser bedenken sollen, bevor ich sie auf ihre plötzliche Oberweite angesprochen habe.

Wie doof, Lila, wie selten doof!

»Wegen eben, Anna, das war wirklich nicht so gemeint«, murmle ich versöhnlich. »Ich hab mich einfach nur gewundert und …«

»Was hast du mit Papas Ludger angestellt, Lila?«, fällt Anna mir unerbittlich ins Wort. »Sag es!«

»Übrigens, dein Lippenstift sieht toootal toll aus.« Doch auch mein scheinheiliges Kompliment prallt ebenfalls an ihr ab.

»Ludger!«, knurrt sie. »Spuck es aus!«

»Er ist aus Versehen aus dem Fenster geflogen.«

»Aus Versehen?«

Ich stöhne. »Ja, okay, du hast mich durchschaut, ich habe ihn fliegen lassen. Bist du nun zufrieden?«

»Und dann?«, bohrt sie ohne eine Miene zu verziehen nach.

»Hat Philipp Skobiak im Innenhof mit einem Ball nach ihm geworfen. Ludger ist von der Wäscheleine geplumpst und hat sich dabei den Flügel angebrochen. Aber der …«

Bevor ich erklären kann, wie die Diagnose des Tierarztes lautet, öffnet sich die Lofttür und der Professor erscheint auf der Bildfläche.

Ich werfe Anna einen flehenden Blick zu. Doch sie hat natürlich nichts Besseres zu tun, als zu sagen: »Papa, der arme Ludger ist schwer verletzt. Lila hat ihn nämlich einfach zum Fenster rausfliegen lassen.

Ich denke, sie hat das aus lauter Frust gemacht, weil sie doch nicht umziehen wollte!«

Dem Professor entgleiten sämtliche Gesichtszüge. »Was ist passiert? Um Himmels willen. Lila, was hast du mit dem armen Ludger gemacht?«

Rache ist Blutwurst, Anna, schwöre ich innerlich. Darauf kannst du dich verlassen.

Die Gelegenheit dafür bietet sich schon am nächsten Morgen. Ich bin gerade mal fünf Minuten im Bad, als Anna an die Tür klopft.

»Lila, beeil dich bitte mal. Ich habe eine Verabredung um zehn.« Sie klingt völlig normal. Dass sie mich gestern mit hämischem Grinsen beim Professor in die Pfanne gehauen hat, scheint sie längst wieder vergessen zu haben. Aber ich nicht, denn mir klingt sein ellenlanger Vortrag noch immer in den Ohren.

Nach weiteren fünf Minuten explodiert Anna.

»Verdammt, Lila, was machst du bloß so lange da drinnen?« Sie trommelt mit den Fäusten gegen die Tür. »Mach endlich auf!«

Nö, mach ich nicht. Ich habe Zeit. Viiiiel Zeit!

»Liiila!« Ihre Stimme wird immer schriller. »Ich habe ein Date. Kapierst du es nicht, ich muss da jetzt rein!«

Ein *Date* – klar doch. Davon träumt meine Schwester bestimmt nur. Außerdem, wenn wir in unserer

Loftwohnung vor irgendetwas richtig viel haben, dann sind das natürlich Süßwasseraquariumfische und Badezimmer.

Wanda hat ein eigenes, der Professor auch, nur Anna und ich teilen uns eins. Und ein Gästeklo gibt es auch noch. Wenn sie also sooo dringend muss, kann sie doch auf die drei anderen ausweichen, finde ich.

»Ich schwöre dir, Lila, ich scheuere dir eine, wenn du mich jetzt nicht auf der Stelle reinlässt!«

Und wie will sie das anstellen, wenn ich die Tür nicht aufmache? Herrje, Anna ist manchmal wirklich sehr, sehr einfach gestrickt.

»Was ist denn los?«, erklingt nun die dunkle Stimme des Professors. »Warum veranstaltest du hier so einen Lärm, Anna?«

Da eine kurze Pause folgt, bin ich mir sicher, dass Anna gerade seeehr tief Luft holt. Wenn sie nämlich so drauf ist, also grantig bis zum Gehtnichtmehr, bekommt sie immer Schnappatmung.

Aber dann wettert sie los. »Papa, das ist eine absolute Unverschämtheit von Lila. Sie blockiert jetzt schon seit mindestens einer Stunde das Badezimmer!«

»Dann geh doch in meins«, schlägt der Professor vor.

Mein Reden.

Anna schnauft wie ein Walross. »Das geht aber nicht!«

»Und warum nicht?«

»Weil meine Schminke eben in diesem Badezimmer ist!« Erneut kracht es heftig gegen die Tür.

»Sag mal, Anna, was soll das denn?«, motzt der Professor sie an. »Du kannst doch nicht einfach gegen die Tür treten.«

»Dann soll sie jetzt gefälligst aufmachen, diese, diese … blöde Kuh!«, keift Anna.

»Anna, bitte, nun beruhig dich mal. Und solche Ausdrücke möchte ich auch nicht hören. Und außerdem, weshalb willst du dich eigentlich schminken? Dafür bist du doch noch viel zu jung«, findet der Professor.

Einen Moment lang herrscht absolute Stille. Entweder ist Anna vor lauter Wut in Ohnmacht gefallen oder sie kriegt nun endgültig keine Luft mehr und ringt mit dem Erstickungstot.

»Weinst du etwa?«, höre ich den Professor schließlich betroffen sagen und gleich darauf Anna herzerweichend schluchzen: »Papa, bitte, es ist wirklich wichtig für mich. Sag Lila, dass sie mich jetzt ins Badezimmer lassen soll. Biiiitte …«

Zaghaft klopft es an der Tür. »Lila, hier ist Papa, sei doch so nett und mach mal auf, ja?! Anna geht es nicht gut.«

»Ich bin aber noch nicht fertig«, behaupte ich.

»Lila! Mach auf!« Die Stimme des Professors klingt jetzt leicht genervt.

Okay, ich habe meine Schwester lange genug geärgert – und ja, es hat tooootal gutgetan – außerdem wird mir allmählich langweilig. Also schließe ich mit einem tiefen Seufzer auf und erkläre: »Ich bin zwar noch nicht fertig, aber wenn Anna ni …«

Weiter komme ich nicht. Mit einem Schrei der Marke: Ich mach dich fertig!, stürzt sich Anna auf mich, umfasst meinen Unterarm und will mich aus dem Badezimmer schleifen. Doch ich mache mich so schwer wie möglich und versuche gleichzeitig mit aller Kraft, meinen Arm aus ihrem Griff zu befreien.

»Lass mich los!«

»Bestimmt nicht, du Zicke!«

Anna zerrt wie verrückt und ich zerre zurück. Doch bevor wir uns gegenseitig die Arme ausreißen können, kommt Wanda angerannt und fängt sofort damit an, ihrerseits an uns herumzuzerren.

»Hört auf der Stelle damit auf!«, ruft der Professor in unser Gerangel. »Das darf doch alles nicht wahr sein!«

Ich spüre, wie sich Annas Griff leicht löst und lasse ebenfalls los. Wir schnellen so ruckartig auseinander, dass Wanda zu Boden stürzt. Der Professor kann sich gerade noch am Waschbeckenrand festhalten, sonst würde er der Länge nach auf sie fallen.

Als Wanda sich langsam wieder aufrichtet, und mit fassungslosem Gesicht erst Anna und dann mich anstarrt, bin ich mir sicher, nun doch noch eine gescheuert zu bekommen.

Doch dann dreht uns Wanda langsam den Rücken zu und keift stattdessen den Professor an.

»Das haben Sie ja wieder toll hinbekommen! Von einem Professor der Psychologie hätte ich mir wirklich mehr Feingefühl im Umgang mit seinen Töchtern erwartet. Aber wenn man nur noch Augen für andere *Dinge* hat, dann nützt wohl auch der akademische Titel nichts mehr!«

»Müllerchen, wie … wie reden Sie denn mit mir? Das geht aber nicht!« Der Professor ist weiß wie die Loftwände.

Wanda verzieht die Augen zu schmalen Schlitzen. »Und ob das geht! Haben Sie doch gerade gehört. Und außerdem, das *Müllerchen* können Sie sich zukünftig sparen. Ich heiße Müller, Wanda Müller – für Sie also Frau Müller!« Damit rauscht sie ab.

Wir sehen ihr wie erstarrt hinterher, bis die Lofttür dermaßen laut ins Schloss kracht, dass Anna und ich synchron zusammenzucken.

»Das-das wollte ich nicht.« Anna ist die erste, die ihre Stimme wiedergefunden hat.

»Lila und ich, wir haben doch nur ein wenig Spaß

gemacht. Wir streiten doch ständig wegen irgendwas. Aber das ist doch nicht ernst gemeint. Nicht wahr, Lila?!« Sie sieht mich eingeschüchtert an und plötzlich erkenne ich sie wieder. Meine Schwester, mit der ich früher stundenlang mit unseren geliebten Schleich-Bauernhof-Figuren gespielt habe. Oder abends im Bett zusammen Bibi Blocksberg-CDs gehört habe. Und Anna ist auch diejenige, mit der ich wunderbar Mutter und Kind spielen konnte und die mir gestanden hat, dass ihr Doro manchmal doch ziemlich fehlt.

Ich blicke ihr fest in die Augen und halte ihr die Hand hin, während ich sage: »Wir sind doch Schwestern, Papa. Da ist streiten völlig normal.«

Nickend ergreift Anna meine Hand.

Doch der Professor kann wohl nicht so schnell auf Friede-Freude-Eierkuchen umstellen wie wir.

»Das klären wir später«, sagt er mit strenger Stimme. »Jetzt muss ich mich erst einmal um unser Müllerchen, ähm, Frau Müller kümmern. Nicht auszudenken, wenn sie kündigen würde.«

Nachdem der Professor los ist, um Wanda zu suchen, verziehe ich mich in mein Zimmer. Doch die Sorge, dass er ohne Wanda zurückkommt, macht mich fast wahnsinnig. Ich setzte mich an meinen Schreibtisch, stehe wieder auf, schaue aus dem Fenster, sinke auf mein Bett, renne wieder zum Fenster – und kriege fast 'nen Knall hier drinnen.

Gerade als ich beschließe, auch nach Wanda zu suchen, klingelt das Telefon. Sekunden später klopft es an meiner Tür und Annas Kopf erscheint im Rahmen.

»Für dich«, sagt sie ganz lieb und reicht es mir. »Es ist Helene.«

»Danke«, lächle ich sie an, bevor ich überglücklich in den Hörer hauche: »Hi Helene, du glaubst gar nicht, wie ich dich vermisst habe!«

Helene räuspert sich. »Das habe ich wohl gemerkt, Lila. Du hast mich vierzehnmal angerufen!«

Bilde ich mir das ein oder klingt ihre Stimme ein wenig vorwurfsvoll?

»Ja, ähm, ein paar Mal habe ich es schon versucht«, gebe ich zu. »Aber so oft …?«

»Katharina meint, das ist schon fast so etwas wie Stalking.«

»Was? Quatsch! Warum sagt die denn so etwas Doofes?«

Helene seufzt eigenartig. »Mir ist auch aufgefallen, dass du ganz schön, na ja … klammerst.«

»Klammerst? Was meinst du damit?«

Ich verstehe gerade echt nur noch Bahnhof.

Helene seufzt noch tiefer. »Ich will damit nur sagen,

dass es eigentlich ganz gut ist, dass wir uns jetzt mal 'ne Weile nicht sehen.«

»Wie? Ich meine, was soll denn daran gut sein?«

»Ach Mensch, Lila, bis zu deinem Umzug nach Kreuzberg waren wir jeden Tag zusammen. Ich meine, immer nur wir beide. Da hat man ja kaum 'ne Chance, sich auch mal mit anderen anzufreunden.«

»Und das willst du jetzt?«, begreife ich langsam. »Du möchtest lieber mit *anderen* befreundet sein als mit mir.«

»Jetzt sei doch nicht gleich eingeschnappt«, stöhnt Helene genervt. »So habe ich das überhaupt nicht gemeint. Eigentlich wollte ich dir auch nur sagen, dass ich nach dem Camp doch nicht zu dir kommen kann, weil meine Eltern und ich für drei Wochen nach Spanien fliegen.« Sie macht eine kleine Pause, bevor sie etwas versöhnlicher hinzufügt: »Ich melde mich sofort bei dir, wenn wir wieder zurück sind, und dann komme ich dich in der neuen Wohnung besuchen. Versprochen!«

»Alles klar«, kann ich nur gekränkt murmeln. »Ich muss jetzt auch auflegen. Tschüss!«

»Bis bald, Lila!«

Wenn ich das richtig kapiere, dann sind wir gerade nicht nur womöglich Wanda losgeworden, sondern ich auch noch meine beste (und einzige) Freundin.

Verdammt!

Was Schlimmes passiert ist, seitdem wir in Kreuzberg wohnen:

1) Wanda ist so schlecht gelaunt wie nie. Der Professor konnte sie nur mit größter Mühe überreden, dass sie nicht kündigt. Anna behauptet, dass sie eifersüchtig ist und deshalb so am Rad dreht – kein Plan, ob das stimmt. Aber eins ist klar, Verliebtsein und so'n Blödsinn ist BLÖD!!!
2) Helene will nicht mehr meine Freundin sein! Auch wenn sie gemeint hat, das wäre Quatsch, ich bin mir sicher. Ihre neue ABFFIUE ist ab sofort Katharina. ☹
3) Ludger wäre beinahe ins Papageien-Nirwana geflattert und der Professor war ganz schön sauer auf mich, weil ich nicht besser aufgepasst habe. Überhaupt ist der Professor ganz anders. Okay, er sieht jetzt viel jünger und auch irgendwie cooler aus. Aber wenn ich ehrlich bin, dann mochte ich ihn früher – so ganz und gar unmodisch – viiiel lieber.
4) Philipp Skobiak wohnt über uns (und ist tatsächlich der Sohn von Papas Bekannten ... ARGH!).

Was Schönes passiert ist, seitdem wir in Kreuzberg wohnen:

1) Nichts!
2) Wirklich nichts!
3) Absolut und ganz und gar nichts!
4) Außer vielleicht, dass ich Niki kennengelernt habe. Na ja, nicht richtig, eher so flüchtig. Aber ich fand sie echt nett und auch ziemlich lustig. Leider ist sie mit dem Doofmann über uns befreundet und deshalb – ach Blödsinn, das habe ich längst alles aufgeschrieben ... ☹
   Außerdem will ich nie wieder eine Freundin haben. Denn es tut verdammt weh, wenn die einem dann einfach am Telefon sagt, dass sie ab sofort eine andere beste Freundin hat!
   VON JETZT AN BIN ICH EINE EINZELGÄNGERIN! BASTA!
5) Okay, der Tierarzt, dieser Knups, ist ziemlich nett.

Kapitel 9

Das, in dem ich keinen Hunger habe

Samstagmittag sind endlich alle Kisten ausgepackt. Wanda ist auch wieder einigermaßen gut drauf. Der Professor hat nämlich in den letzten Tagen ordentlich mit angefasst. Nicht ein einziges Mal hat er unbedingt in die Uni gemusst.

Zwischen Anna und mir herrscht einigermaßen Frieden. Was aber in erster Linie daran liegt, dass Anna auf irgend so einer *Wolke sieben* schwebt (behauptet sie) und ich viel zu schwach zum Streiten bin.

Schwach fühle ich mich, weil ich so traurig bin. Aber das lasse ich mir natürlich nicht anmerken. Sonst will der Professor tausendprozentig mit mir über *meine Probleme* reden und dazu habe ich ganz bestimmt keine Lust.

Am Sonntagmorgen helfe ich dem Professor beim Aquariensaubermachen. Er hat ziemlich gute Laune, pfeift fröhlich vor sich hin und scherzt mit mir herum. Ich gehe zum Schein darauf ein – wie gesagt, an einem Problembewältigungs-Gespräch bin ich noch weniger interessiert als an grünem Hering in Erdbeergelee.

»Was hältst du davon, Lila, wenn wir heute alle zusammen einen kleinen Ausflug machen?«, fragt der Professor.

Wir sind gerade mit dem letzten Aquarium fertig geworden. Eigentlich will ich mich jetzt direkt in mein Zimmer verziehen, um dort den Rest des Tages das trostlose Leben einer elfjährigen Einzelgängerin zu führen.

»Ich weiß nicht, Lust hab ich nicht so richtig«, brumme ich.

»Die kommt schon noch, Lila«, behauptet der Professor.

Wanda hat schon eine Verabredung mit einer alten Freundin, die ein paar Tage in Berlin ist und die sie schon seit Ewigkeiten nicht gesehen hat. Es tut ihr zwar schrecklich leid, aber sie kann nicht mitkommen.

Auch Anna hat etwas anderes vor.

»Die Idee ist echt supi-trupi, Papa. Aber ich bin schon fest mit der Clique verabredet.«

Supi-trupi ist übrigens ihr neues Lieblingswort. Na ja, und *die Clique* ist in Wirklichkeit irgend so ein

Sebastian, hat sie mir erst gestern Abend mit feuerroten Wangen und total verklärten Augen erzählt. Natürlich streng geheim!

»Dann hat sich das mit dem Familienausflug wohl erledigt«, stelle ich fest und gebe mir Mühe, die Enttäuschte zu spielen. Insgeheim bin ich natürlich heilfroh. Wenn ich auf irgendetwas zur Zeit absolut keine Lust habe, dann ist es ein *fröhlicher* Tag im Grünen, wo ich unentwegt die Gutgelaunte mimen muss.

Leider sieht der Professor das ganz anders.

»Aber warum denn, Lila?«, fragt er erstaunt. »Dann machen wir uns eben einen schönen Tag zu zweit.«

»Aber-aber«, stammele ich, während ich angestrengt nach einer Ausrede suche. Blöderweise fällt mir so spontan mal wieder nichts ein, außer: »Zu zweit ist es doch irgendwie langweilig.«

Der Professor lacht. »Das finde ich zwar eigentlich nicht, aber weißt du was, dann frag ich halt Annette, ob sie mitkommen möchte.«

Nein! Nein! NEIN!!! Lieber falle ich auf der Stelle tot um!

Doch der Professor hat schon den Telefonhörer in der Hand, während ich noch immer nach Luft japse.

Gerade als er fröhlich losträllert: »Hallo Annette, hier ist Jo«, fällt mir endlich ein unschlagbares Argument dagegen ein.

»Papa«, zische ich. »Papa, warte mal.«

Erstaunt sieht der Professor mich an.

»Annette, einen Moment mal bitte, Lila möchte mir scheinbar etwas Dringendes sagen.«

Er nickt mir auffordernd zu.

»Wenn die mitkommen«, versuche ich so leise zu reden, dass Annette am anderen Ende der Leitung davon nichts hört, »dann ist doch bestimmt auch Philipp dabei. Hast du etwa schon vergessen, dass der Ludger mit 'nem Ball abgeworfen hat?!«

Der Professor legt die Stirn in Falten. »Ja, aber doch nicht mit Absicht.«

Ich glaub's nicht. Jetzt verteidigt der diesen Blödian auch noch. Okay, dann muss ich wohl härte Geschütze auffahren.

»Ich wollte es ja eigentlich nicht sagen, aber er hat auch versucht, mich zu schlagen.«

So, lieber Vater, jetzt kannst du ruhig mal so richtig wütend auf diesen fiesen Schlägertypen werden!

Doch irgendwie scheint diese erschreckende Tatsache gänzlich an ihm abzuprallen.

»Hat er aber nicht, Lila. Du dagegen hast ihm eine ziemlich nachhaltige Ohrfeige verpasst, wenn ich richtig informiert bin.«

»Aber-aber doch nur wegen Ludger«, verteidige ich mich.

Der Professor schüttelt den Kopf. »Das klären wir später, oder noch besser, gleich!«

Während ich noch überlege, was er damit gemeint haben könnte, säuselt er schon honigsüß in den Hörer: »Entschuldige bitte, Annette, es hat einen Moment gedauert. Was ich eigentlich nur fragen wollte, ist, habt ihr heute schon etwas vor?«

Der Professor lauscht ins Telefon, und ich schicke ein Stoßgebet in den Himmel, dass Familie Skobiak just in diesen Moment beschlossen hat, für mindestens sechs Monate nach China, Ägypten oder sonst wohin zu verreisen.

Bedauerlicherweise wird mein Gebet nicht erhört, denn der Professor verzieht den Mund zu einem breiten Grinsen. »Super und gute Idee. Dann treffen wir uns um halb eins also erst einmal in eurem Lieblingsrestaurant. Dann können wir ja gemeinsam überlegen, was wir anschließend unternehmen.«

Während der Professor sich noch nach der Adresse des Restaurants erkundigt, stehe ich einfach nur entgeistert daneben.

Wem habe ich bloß dieses Dauer-Abo für schlechte Zeiten zu verdanken?

Um kurz vor halb eins betreten wir tatsächlich das Restaurant, in dem wir gleich auf Familie Skobiak treffen werden. WÜRG! Ich kann mich nicht erinnern, wann ich mich das letzte Mal so elend gefühlt habe.

Dabei habe ich wirklich alles versucht, um das zu verhindern.

Zuerst habe ich behauptet, dass ich rasende Kopfschmerzen hätte und deshalb leider, leider nun doch nicht mitkommen könnte. Aber der Professor hat gemeint, dass der Schmerz gleich draußen an der frischen Luft verschwinden würde.

Mein angeblich verstauchter Fuß interessierte ihn genauso wenig wie die schlimmen Zahnschmerzen.

»Sag mal, Lila, was veranstaltest du bloß für ein Theater?«, hat er nur kopfschüttelnd gemurmelt. »So wehleidig kenne ich dich gar nicht.«

Danach habe ich eingesehen, dass es wenig Sinn hat, ihm weitere spontane Erkrankungen vorzutäuschen. Er kauft sie mir eh nicht ab.

Als wir nun vor dem Tisch angekommen sind, an dem Annette und leider, leider auch Philipp sitzen, ist mir kotzübel. Die beiden starren uns an. Und dann merke ich auch noch, dass mein Gesicht knallrot anläuft. Ich lasse den Professor einfach stehen und stürme Richtung Toiletten davon.

Zum Glück sind sie gut ausgeschildert, sodass ich ein paar Sekunden später in einer der drei Kabinen verschwinden kann.

Ich hocke mich auf den Klodeckel und ziehe die Beine an. Der Gedanke, da gleich wieder rauszumüssen, mich fröhlich lächelnd neben Philipp Blödgesicht an den Tisch zu setzen, ist grausam bis absolut unvorstellbar.

Aber ewig hier in der engen Kabine auf dem wirklich harten Deckel zu sitzen, ist irgendwie auch keine Lösung. Wenn ich mir wenigstens ein Kissen mitgebracht hätte.

Blödsinn!

Ich brauche kein Kissen und ich werde auch nicht zurück zum Tisch gehen. Ich haue ab. Auf der Stelle. Soll der Professor mir nachher doch die Standpauke meines Lebens halten, mir doch egal.

Bevor ich die Damentoilette verlasse, schaue ich mich nach einem Ausweg um und atme erleichtert auf, als ich am Ende des Ganges ein Schild entdecke, das die Richtung anzeigt, wo sich der Notausgang befindet.

Doch kaum fällt die Toilettentür hinter mir ins Schloss, kommt ein Mädchen um die Ecke und mustert mich erstaunt.

»Lila? Das ist ja eine Überraschung!« Niki strahlt mich herzlich an. »Willst du etwa zu mir?«

»Eigentlich nicht«, gestehe ich ihr. »Ich bin mit meinem Vater hier.«

»Ach so, ihr wollt hier essen.« Niki sieht ein kleines bisschen enttäuscht aus, finde ich. »Dann läufst du aber gerade in die falsche Richtung. Da geht es in den Hinterhof, du musst hier entlang.« Sie deutet mit der Hand dorthin, wo ich ganz bestimmt nicht hinmöchte.

Ich fürchte, es bleibt mir nichts anderes übrig, als sie in meine Fluchtpläne einzuweihen.

»Da will ich aber nicht hin, Niki.«

Nikis Augenbrauen schnellen in die Höhe. »Warum nicht? Schmeckt dir etwa unser Essen nicht?«

Ich winke hektisch ab. »Quatsch, wir haben noch nicht mal bestellt. Darum geht es auch gar nicht, ich kann unmöglich an den Tisch zurückgehen, weil … weil … verdammt, weil da Philipp Skobiak sitzt.«

Nikis Augenbrauen schieben sich noch ein Stückchen weiter in die Höhe, aber sie nickt. »Verstehe. Dann komm mit. Ich verhelfe dir zur Flucht.«

Im nächsten Moment ergreift sie meine Hand und zieht mich mit sich um die Ecke, hinter der sie gerade hervorgekommen ist. Wir hetzen einen schmalen Gang entlang, der mit dicken weinrotem Teppich ausgelegt ist und gelangen schließlich in ein kleines Treppenhaus.

»Wohin geht es hier?«, frage ich atemlos.

»Nach oben in unsere Wohnung.«

Wenige Atemzüge später stehe ich inmitten des größten Chaoszimmers, das ich jemals gesehen habe. Alles hier ist bunt, wild, zugestopft und echt schrill. Ganz genauso wie die Tapete an den Wänden, von der man jedoch nur noch kleine Ausschnitte sieht, weil sie über und über mit Tierpostern, Tierpostkarten und Tierfotos vollgepappt ist.

Kein Möbelstück will zum anderen passen und in den Ecken türmen sich hohe Bücherstapel.

Der Kleiderschrank steht weit offen. Die Stange biegt sich unter den vielen Klamotten. Was nicht mehr reinpasste, hat Niki anscheinend einfach auf dem Boden verteilt – zumindest liegen überall Socken, Mützen, Schals, Tücher und auch ein paar größere Kleidungsstücke herum.

Niki schiebt mich zum Bett und ich versinke beinahe zwischen bunten Kissen, Decken und Stofftieren.

»Sorry«, murmelt Niki entschuldigend. »Das Sofa ist besetzt.« Sie deutet auf die Wand gegenüber. Unter dem Fenstersims befindet sich ein großer Haufen aus kunterbuntem Kram. Dass sich darunter noch ein Sofa verbirgt, kann man wirklich nur erahnen.

Ich schaue mich mit großen Augen um. Bin geschockt und fasziniert zugleich. Mein Blick wandert zum Schreibtisch. Auch hier türmen sich Zeitschriften, Bücher, Zettel, Bilder, Stifte, Kleber zu einer beängstigenden Höhe.

Wie kann man in so einem Chaos irgendetwas wiederfinden?

Niki scheint meine Gedanken erraten zu haben. »Tja, ich muss wohl mal wieder ein bisschen aufräumen«, grinst sie mich leicht verschämt an. »Sagt meine Mutter auch immer. Aber du kennst das ja, jeden Tag nehme ich es mir vor und dann kommt mir doch immer irgendetwas viel Wichtiges dazwischen.«

Ich nicke. Obwohl das glatt gelogen ist. Ich kenne so ein Chaos nicht. Bei uns zu Hause ist es immer aufgeräumt. Alle Zimmer picobello. Nicht der kleinste Krümel fliegt herum. Dafür sorgt Wanda. Solange ich denken kann, herrscht bei uns zu Hause peinlichste Ordnung.

Was jetzt nicht heißt, dass Wanda uns alles hinterherräumt oder so. Bestimmt nicht. Aber weil ich ihre Ordnung gewöhnt bin, halte ich es in meinem Zimmer ganz genauso: Jedes Teil hat seinen festen Platz.

Niki lässt sich neben mich aufs Bett plumpsen, winkelt ihre Beine an und umschlingt sie mit den Armen. »Jetzt erzähl aber mal, Lila, warum bist du vor Phil geflüchtet?«, fragt sie mich. »Ich bin nämlich total neugierig.«

Ich weiß nicht, was ich sagen soll – oder darf. Niki

ist mit Philipp befreundet, das ist ziemlich klar. Obwohl ich es mir wirklich nur schwer vorstellen kann. Niki ist so nett. Auch wenn sie bestimmt die größte Chaotin aller Zeiten ist. Und Philipp ist so arrogant und bescheuert und …

»Nun los, du kannst mir vertrauen. Ich schwöre, dass Phil nichts von diesem Gespräch erfährt.«

Sie hält die Hand zum Schwur hoch und plötzlich muss ich lachen. Irgendwie fühle ich mich inmitten dieses kunterbunten Chaos, mit der dauergrinsenden Niki an meiner Seite so leicht und, ja, auch sicher. Obwohl ich Niki gar nicht richtig kenne, kommt es mir so vor, als ob ich ihr einfach alles anvertrauen könnte. Wie sagt mein Vater immer so schön: Jedes Wort bleibt in diesem Zimmer!

Ich hole tief Luft und dann sprudelt es auch schon aus mir heraus: »Seit Philipp vor einem halben Jahr in meine Klasse gekommen ist, nervt er gruselig. Ständig hat er nur blöde Sprüche drauf. Und dann seine bekloppte Angeberei, als ob er der Prinz von sonstwas wäre. In der Schule war das schon kaum zu ertragen, aber jetzt wohne ich mit dem Lackaffen auch noch in demselben Haus. So wie es aussieht, sind mein Vater und seine Eltern Kollegen und sogar befreundet. Und gerade jetzt hat mir Helene die Freundschaft gekündigt. Sie hat es zwar nicht so gesagt, aber ich bin ja nicht doof. Katharina ist jetzt ihre beste Freundin. Die hat nur auf die passend Gelegenheit gewartet und als ich dann nach Kotz-Kreuzberg umziehen musste, hat sie natürlich sofort ihre Chance ergriffen. Und als ob das nicht schon alles schlimm genug wäre, ist Wanda auf einmal so komisch, und meine Schwester, die stopft sich den BH aus und schwärmt für irgendeinen Sebastian. Das geht mir so böse auf den Geist, und dabei möchte ich nur zurück nach Grunewald und dass alles wieder so wird wie vorher …«

Ich schnappe keuchend nach Luft, hab mich völlig verausgabt, während Niki mich mit ihren großen dunklen Augen anschaut.

»Auweia, und ich dachte immer, ich wäre übel dran, weil meine Eltern mir einfach keinen Hund oder wenigstens einen Hamster erlauben«, erklärt sie trocken.

Tja, so kann man sich täuschen.

Überzeugende Erklärungen für mein spontanes Abhauen:

1) Ich bin ohnmächtig geworden und zwar auf der Toilette (hab ja schon die ganze Zeit gesagt, dass es mir wirklich, wirklich nicht gut geht!). Als ich wieder zu mir gekommen bin, war es Stunden später und der Professor natürlich längst weg.
2) Ich habe mich verlaufen. Ich wollte ja zurückkommen, aber dann habe ich irgendwie den falschen Weg eingeschlagen und stand plötzlich im Hinterhof des Restaurants. Da gab es dann sooo viele Wege und Hinterhöfe, dass ich die Orientierung verloren habe. Es hat ewig gedauert, bis ich überhaupt den Weg ins Loft zurück gefunden habe!
3) Hm ... ja ... ähm ... ich musste sooo dringend, also bin ich losgesprintet, ohne was zu sagen. Doch es war zu spät. Kurz bevor ich die Damentoilette erreicht habe, ist alles in die Hose gegangen. So konnte ich natürlich unmöglich zurück zum Tisch gehen!

Was dagegen spricht:

1) Der Professor wird tausendprozentig auf der Damentoilette nachgeguckt haben, als ich nicht zurückgekommen bin. Vielleicht nicht er persönlich, aber womöglich die kichernde Annette. Tja, leider lag dann dort keine ohnmächtige Lila. MIST!
2) Auch dort wird er nach mir gesucht haben. Ich kenne doch meinen Vater! Da ich nicht weiß, ob es von dem Hinterhof tatsächlich zu anderen geht, ist die Erklärung ziemlich wackelig. Deshalb: lieber sein lassen!
3) Die peinlichste Erklärung von allen – allein bei dem Gedanken daran laufe ich schon feuermelderrot an. Aber auch eindeutig die beste, denn erstens kann mir der Professor nicht das Gegenteil beweisen und zweitens würde er garantiert auch nicht mit nasser Hose zum Tisch zurückkommen. Daher: perfekt!

Kapitel 10

Das mit dem Zazikimädchen

»Kann es sein, dass du das Mädchen bist, nach dem unten im Restaurant gerade verzweifelt gesucht wurde?« Nikis Mutter steht plötzlich im Zimmer und lächelt mich freundlich, aber auch ziemlich erstaunt an.

»Wer hat denn nach mir gesucht?«, frage ich. Was natürlich überflüssig ist, denn mir ist völlig klar, wer derjenige war. Aber ich bin gerade total baff. Irgendwie haben Niki und ich die Zeit vergessen. Erst jetzt, als ich einen hektischen Blick auf meine Armbanduhr werfe, wird mir klar, dass seit meiner Toilettenflucht über eine Stunde vergangen ist.

»Der Bekannte von Frau Skobiak, ein großer blonder Mann mit Brille«, erklärt Nikis Mutter.

»Ja, das ist bestimmt mein Vater gewesen«, nicke ich.

»Er hat sich große Sorgen gemacht.« Nikis Mutter

schüttelt den Kopf. »Warum habt ihr denn nicht wenigstens Bescheid gesagt, dass ihr nach oben geht?« Jetzt schwingt leiser Vorwurf in ihrer Stimme mit.

»Lila wollte ja«, verteidigt Niki mich prompt. Wenn es auch nicht ganz der Wahrheit entspricht. »Aber dann sind wir ins Quatschen gekommen und schwupps, plötzlich stehst du im Zimmer.«

Nikis Mutter atmetet tief durch. »Wie auch immer, du solltest jetzt schnell deinen Papa anrufen, damit er weiß, dass dir nichts passiert ist.«

Ich nicke. Dann schüttle ich den Kopf. »Ich laufe lieber direkt nach Hause.« Und in Gedanken füge ich hinzu: Dann kann ich unterwegs wenigstens noch an ein paar astreinen Erklärungen für mein plötzliches Verschwinden feilen.

»Soll ich dich begleiten?«, fragt Niki mich an der Wohnungstür. »Quasi als Bodyguard, falls dein Vater dir den Kopf abreißen will.«

Ich muss grinsen, auch wenn mir eigentlich gar nicht danach zumute ist. »Ich glaube, das wird er nicht tun.«

»Okay«, erwidert Niki. »Aber ruf mich unbedingt an, damit ich weiß, dass er noch dran ist.«

»Wer?«

Jetzt grinst Niki. »Na dein Kopf!«

Als ich kurze Zeit später die Lofttür aufschließe

und sofort dem Professor gegenüberstehe, bin ich mir nicht mehr sicher, ob er es nicht doch auf meinen Kopf abgesehen hat. Sein Hals und Gesicht glühen wie nach einer unglücklichen Begegnung mit einer Feuerqualle, seine Augen sind schmale Schlitze, nachdem er kapiert hat, dass mir zumindest rein äußerlich nichts fehlt.

»Wo warst du?«, knurrt er. »Wir haben nach dir gesucht!«

»Wir?«, wispere ich kleinlaut und bin nicht in der Lage, ihn länger anzusehen.

Der Professor stöhnt wie unter großen Schmerzen auf. »Annette und ihr Sohn Phil waren natürlich auch in großer Sorge um dich. Oder meinst du, die sind einfach am Tisch sitzen geblieben und haben es sich schmecken lassen?«

Hilflos zucke ich die Schultern. Eigentlich will ich jetzt die Sache mit der nassen Hose anbringen, aber plötzlich kommt mir die Ausrede nicht nur megapeinlich, sondern auch absolut lächerlich und dumm vor. Also kneife ich nur fest die Lippen zusammen.

»Ob du wohl jetzt bitte mal die Freundlichkeit besitzt und mir erklärst, wo du abgeblieben bist!«

Das war keine Frage, eher eine knallharte Ansage.

Entsprechend eingeschüchtert, murmle ich: »Ich hab mich wohl irgendwie mit Niki verquatscht …«

»Niki? Wer um alles in der Welt ist Niki?«

»Die Tochter der Restaurantbesitzer.«

Der Professor starrt mich ungläubig an. »In dem wir gerade waren?«

Ich nicke. »Ich habe sie zufällig bei den Toiletten getroffen und dann sind wir hoch in ihr Zimmer und dabei haben wir dann wohl total die Zeit vergessen ...«

»Habe ich das jetzt gerade richtig verstanden, Lila?« Der Professor zieht die Luft scharf zwischen den Zähnen ein. »Du hast mit dieser Niki zusammengehockt und fröhlich geplaudert, während ich vor Sorge um dich fast verrückt geworden bin?«

Tja, das nenne ich mal die Sache kurz und bündig auf den Punkt bringen.

»Ja«, gebe ich betreten zu. »So war es dann wohl.«

Einen Moment lang starrt der Professor mich fassungslos an.

Dann schüttelt er den Kopf und erklärt: »Ich rufe jetzt erst mal bei Annette an, damit sie weiß, dass du wieder aufgetaucht bist. Wir sprechen später noch ausführlich.«

Damit bin ich tatsächlich entlassen. Erleichtert schleiche ich in mein Zimmer, das ich den Rest des Tages nur noch im absoluten Notfall verlassen werde.

* * *

»Lila, hey Lila, aufwachen!«

Anna rüttelt unsanft an meiner Schulter.

»Ich komme nicht mit«, brumme ich verschlafen. »Vergiss es!«

Und so ist es auch – egal womit sie mich diesmal versucht zu erpressen, ich werde sie nicht mitten in der Nacht durchs erwachende Kreuzberg begleiten!

NIEMALS!

»Rede keinen Schwachsinn«, zischt Anna jedoch schnippisch und wirft irgendetwas Hartes gegen mein Kinn. Im nächsten Moment knallt die Tür laut ins Schloss. Vorsichtig öffne ich die Augen. Anna ist weg. Zum Glück. Meine Schwester hat echt das größte Rad aller Zeiten ab. Kommt frühmorgens in mein Zimmer gestürmt, weckt mich rücksichtlos und wirft mich mit irgendetwas ab.

Womit eigentlich?

Suchend taste ich um mich herum und finde das Telefon.

»Hallo?«, murmle ich in den Hörer. »Ist jemand dran?«

»Lila?«

»Ja.«

»Ich wollte mich nur nach deinem Kopf erkundigen. Da du sprechen kannst, ist er anscheinend noch dran.«

Eine Sekunde brauche ich, um zu kapieren. Dann kichere ich los: »Oh, hi, Niki. Ja, ich hatte Glück, mein Vater hat ihn mir nicht abgerissen. Obwohl er schon ganz schön stinkig war. Mein Vater, meine ich.«

»Das ist gut. Also natürlich nicht, dass er stinkig war. Eher die andere Sache. Wäre nämlich verdammt schade um ihn gewesen.«

»Das finde ich auch«, kann ich Niki nur zustimmen.

»Und hast du Hausarrest oder sowas Ähnliches?«

Ich überlege kurz. Der Professor hat mir zwar kurz nach dem Abendessen noch einen sehr langen Vortrag über Verantwortung gehalten, aber damit war das Thema dann auch zum Glück erledigt. Außerdem hab ich – wenn ich so richtig darüber nachdenke, noch niemals irgendwelche Strafen von ihm aufgebrummt bekommen. Okay, hin und wieder mal einmal mehr die Aquarien sauber machen, aber Stubenarrest, nö, davon hält der Professor absolut gar nichts.

»Ich kann mich frei bewegen«, erkläre ich Niki.

»Super. Hast du denn heute schon was vor?«

Erneut muss ich kurz überlegen und komme zu dem Schluss, dass, außer meine weißen Zimmerwände anstarren, keine weiteren *aufregenden* Dinge anstehen.

»Nö!«

»Wird ja immer besser«, findet Niki.

»Warum?«

»Weil du gestern etwas gesagt hast, und das kann ich einfach nicht auf Kreuzberg sitzen lassen.«

»Was meinst du?« Ich habe wirklich keine Ahnung.

»Na ja, du hast gemeint, dass Kreuzberg zum Kotzen ist.«

»Sowas hab ich gesagt?«

»So ähnlich, ich glaube, der genaue Wortlaut war: Kotz-Kreuzberg.«

»Okay, ja, kann schon sein«, gebe ich zu, auch wenn ich noch immer nicht weiß, worauf Niki hinauswill.

»Ich möchte dich gern vom Gegenteil überzeugen.«

»Was meinst du damit?«, frage ich schon wieder.

»Na, dass Kreuzberg nicht zum Kotzen, sondern total schön ist.«

»Und wie willst du mich davon überzeugen?«.

Niki lacht geheimnisvoll. »Ich hole dich in einer halben Stunde ab. Okay?!«

Ich bin noch zu verschlafen, um mich ernsthaft zu weigern. Außerdem erscheint mir ein Tag mit Niki weitaus spannender, als allein in meinem Zimmer zu hocken. Also stimme ich zu.

Keine Viertelstunde später klingelt es Sturm an unserer Haustür. Ich bin gerade im Bad, außerdem rechne ich jetzt noch nicht mit Niki und bleibe deshalb auch dort. Doch im nächsten Moment klopft es gegen die Tür.

»Lila, deine Freundin ist da«, ruft Wanda.

Freundin? Ist Niki meine Freundin? Ich weiß nicht so recht. Der Gedanke gefällt mir schon, denn ich mag Niki wirklich gern. Aber andrerseits ist sie noch immer mit Philipp befreundet.

»Kannst du Niki bitte in mein Zimmer bringen, Wanda?!«, rufe ich zurück. »Ich brauche noch eine Minute.«

Wanda erwidert etwas, was jedoch im Plätschern des Wasserstrahls untergeht.

Ich trockne mir die Hände ab, fasse meine Haare zu einem Zopf zusammen und marschiere rüber in mein Zimmer.

»Das waren nicht mal zwanzig Minut …«, rufe ich gespielt vorwurfsvoll, während ich die Tür aufschiebe. Doch mitten im Satz stocke ich und traue meinen Augen kaum.

Helene.

»Was-was machst du-du denn hier?«, stammle ich. »Ich dachte, du bist im Ur-Urlaub?«

»Bin ich auch schon fast. Aber dann hatte ich so ein schlechtes Gewissen, weil du neulich am Telefon so geknickt geklungen hast. Also hab ich meine Eltern überredet, dass wir noch mal kurz bei dir vorbeifahren.«

»Ich dachte, ihr fliegt?!«

Helene läuft knallrot an. »Das war gelogen«, murmelt sie und kann mir dabei kaum noch in die Augen sehen. »Wir fahren nach Dänemark. Und Katharina nehmen wir mit.«

Ein kleiner feiner Stich trifft mich mitten ins Herz. »So plötzlich?«, wispere ich.

Helene schüttelt den Kopf. »Nein, das ist schon lange geplant. Katharinas Eltern sind leider zu beschäftigt, um in diesen Ferien in den Urlaub zu fahren. Darum kommt sie mit uns mit. Ich mochte dir das bloß nicht sagen, weil du immer so schrecklich eifersüchtig auf Katharina bist.«

»Ich auf Katharina?«, rufe ich mit sehr heller Stimme. »Das ist ja wohl eher umgekehrt.«

Helene rollt genervt mit den Augen. »Siehst du, genau deshalb hab ich meinen Mund gehalten. Du bist gleich wieder zickig, nur weil ich Katharina erwähnt habe.«

»Das stimmt doch gar nicht«, verteidige ich mich empört, als sich die Tür öffnet und Niki hereingeschneit kommt.

»Da bin ich!«, ruft sie fröhlich.

Helene und ich starren sie baff an. Was nicht nur allein an ihrem plötzlichen Auftauchen liegt, Niki sieht echt … na ja, verrückt aus. Ihr T-Shirt ist bunt gestreift und passt kein bisschen zu der eigenwillig gepunkteten Schlabberhose. Obwohl ihre Haare eigentlich viel zu kurz dafür sind, hat sie sich zwei winzig kleine Zöpfe gemacht, die wie Antennen seitlich von ihrem Kopf abstehen.

»Niki!«, stelle ich fest.

Niki grinst. »Ja, so nennt man mich.«

»Interessantes Outfit«, sagt Helene mit gerümpfter Nase. »Kennen wir uns nicht von irgendwoher?«

Niki mustert sie von oben bis unten. »Nee, sorry, ich dich leider nicht«, erklärt sie bedauernd. Dann wendet sie sich an mich. »Hast du jetzt doch keine Zeit mehr, Lila?«

Bevor ich antworten kann, ruft Helene: »Jetzt weiß ich es, vom Wochenmarkt am Amtsgericht in Charlottenburg.«

Gequält verzieht Niki den Mund. »Wenn du es sagst.«

Helene lacht spöttisch auf. »Na klar, du bist doch das Zazikimädchen!«

»Zazikimädchen?« Ich schaue perplex zwischen den beiden hin und her. Helene grinst überheblich, während Niki plötzlich ganz blass geworden ist.

»Sie verkauft freitags immer Zaziki und so'n Krams auf dem Wochenmarkt«, klärt Helene mich mit höhnisch-arroganten Tonfall auf. »Ich hab dir schon mal von ihr erzählt, weil Katharina und ich uns doch fast scheckig über ihre komischen Klamotten gelacht haben. Erinnerst du dich nicht, Lila?«

Langsam schüttle ich den Kopf. Nein, ich erinnere mich nicht – denn wenn Katharina dabei war, hab ich eh immer nur mit halbem Ohr zugehört. Außerdem finde ich die Art, wie Helene gerade über Niki spricht, ganz so, als ob sie überhaupt nicht anwesend wäre, ziemlich doof und auch echt gemein.

»Ich wusste gar nicht«, amüsiert Helene sich auf Nikis Kosten weiter, »dass man sich den Zaziki auch ins Haus liefern lassen kann?«

»Darum bin ich bestimmt nicht hier«, widerspricht Niki leise.

»Warum denn sonst? Du willst mir doch wohl nicht weismachen, dass Lila sich mit *dir* verabredet hat?!«

»Jetzt reicht es aber«, ranze ich Helene an.

Helene zieht die Augenbrauen sehr hoch. »Wie bitte?«

»Warum bist du denn so fies zu ihr?«, werfe ich ihr vor. »Sie hat dir doch überhaupt nichts getan.«

»Ähm ... und warum verteidigst du die da überhaupt?«

»*Die da* heißt Niki und ich finde es ziemlich unverschämt von dir, wie du sie behandelst«, erwidere ich bissig.

Helene sieht mich einen Augenblick lang mit eiskaltem Blick an. Dann strafft sie die Schultern und zischt: »Okay, wenn du dich zukünftig lieber mit *solchen Leuten* abgeben willst, bitte schön. Aber mich kannst du dann getrost vergessen, Lila. Nur damit das klar ist.«

Wow, staune ich. Warum ist mir eigentlich nie zuvor aufgefallen, was Helene für eine total eingebildete und superarrogante Blödkotzschnepfe sein kann?

»Tja, Helene, dann ist das wohl so«, murmle ich.

»Pöh!«, macht Helen verächtlich und rauscht aus meinem Zimmer.

Die Tür knallt scheppernd ins Schloss, und ich weiß nicht, ob ich traurig oder einfach nur supererleichtert sein soll.

»Tut mir leid«, sagt Niki leise.

»Dir?« Ich schüttle den Kopf. »Dir muss bestimmt nichts leidtun, Niki.«

Niki zuckt hilflos mit den Schultern. »Aber meinetwegen hast du dich ganz böse mit deiner besten Freundin gestritten.«

Ich sehe Niki einen Moment lang nachdenklich an, bevor ich mich traue, es laut auszusprechen. »War! Das *war* mal meine beste Freundin. Doch im Moment kann ich dir echt nicht erklären, warum.«

Warum Helene meine beste Freundin ist/war:

1) Sie ist meine beste Freundin, seit dem ersten Schultag. Helene ist nett und lustig, und sie hat wunderschöne blonde Haare.
2) Helene ist die beste Feldhockeyspielerin, die ich kenne und eine astreine Mannschaftsführerin. Überhaupt ist Helene sehr sportlich. Ich hab mir schon oft gewünscht, dass ich ein kleines bisschen so wäre wie sie.
3) Helene hat immer sofort zu irgendetwas eine Meinung und ihr fehlen nie die Worte. Sie ist schlagfertig und wortgewandt und superselbstbewusst.
4) Helene sieht toll aus, und hat immer die neuesten und modernsten Klamotten an. Ihrer Mutter gehört eine superteure Boutique, und Helene meint, daher hätte sie schon von Haus aus ein Gespür für guten Geschmack.
5) Helene kann wunderbar erzählen. Stundenlang könnte ich ihr zuhören.

Was ich kein bisschen an Helene ausstehen kann (mir aber komischerweise erst jetzt so richtig auffällt!):

1) Eigentlich stimmt das gar nicht. Denn Helene wollte zuerst gar nichts mit mir zu tun haben, weil ich keine Mutter hatte – also eine, die bei uns wohnt!
2) Ja, das stimmt. Aber Helene gibt auch ganz schön damit an. Außerdem hat sie mich mindestens tausendmal schon damit aufgezogen, dass ich einfach nicht so gut bin wie sie.
3) Helene kann ganz schön fies zu anderen sein. Ich hab es oft genug mitbekommen. Sie ist so selbstbewusst, dass die anderen sich dann meistens nicht getraut haben, etwas zu erwidern. Wen Helene nicht mag, der kann einpacken.
4) Bei Helene dreht sich alles um Geld und Klamotten. Das nervt. Und ihre Mutter kann ich nicht ausstehen, denn die ist noch viel schlimmer und ätzend eingebildet. Bäh!
5) Dafür hört Helene nie zu. Denn eigentlich findet sie nur spannend, was sie zu erzählen hat. Na ja, eigentlich dreht sich eh immer alles nur um Helene.

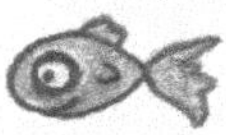

Kapitel 11

Das, in dem ich plötzlich Fotografin bin

»Taaadaaa!«, ruft Niki und klatscht aufgeregt in die Hände. »Da sind wir!«

Suchend schaue ich mich um. Ich möchte wirklich ihre Begeisterung teilen. Zumal ich wegen Helenes fieser Art ihr gegenüber noch immer ein schlechtes Gewissen habe. Aber leider gibt es hier absolut gar nichts, was ich toll finde.

Wir stehen mitten auf dem Fußweg in einer nicht besonders schönen Straße. Menschen hetzen an uns vorbei, der Verkehr ist dicht und zäh. Zwischen den Autos schlängeln sich Fahrradfahrer hindurch. Manche in einem mörderischen Tempo. Alles wirkt hektisch, wild, ja, ich finde, auch irgendwie aggressiv. Kein Lächeln, kein freundliches Wort, keine schönen Häuser, wenig grün – verdammt, ganz genauso hässlich und schrecklich habe ich mir Kreuzberg vorgestellt.

»Du darfst dich nicht vom ersten Eindruck täuschen lassen«, sagt Niki, als ob sie meine Gedanken erraten hätte. »Kreuzberg hat viele Seiten. Alle sind spannend, glaub mir, auch die hässlichen.«

»Okay«, murmle ich wenig überzeugt. Bisher kann ich leider so gar nichts Spannendes entdecken.

Niki deutet auf das vierstöckige Gebäude vor uns. Eine uralte Villa, die bestimmt irgendwann – so ungefähr vor tausend Jahren – mal schön war. Die hellgelbe Fassade ist an unzähligen Stellen abgebröckelt, die mit weißen Holzrahmen eingefassten Fenster sehen so aus, als ob der leichteste Windstoß sie locker aus den Angeln fegen könnte. Das Dach ist schon oft geflickt worden, was man an den unterschiedlichen Farben und Formen der Ziegel deutlich erkennt.

Am rumpligsten ist jedoch die breite, zweiflüglige Eingangstür. Sie hängt komplett schräg im Rahmen, das linke halbhoch eingefasste Trübglas ist mehrfach gesprungen.

»Schau dir zum Beispiel diese gelbe Villa an«, sagt Niki. »Auf den ersten Blick ist sie alt, baufällig und hässlich. Aber wenn du erst einmal reingegangen bist, dann wirst du ganz schön staunen.«

Ich verspüre nicht die geringste Lust, dieses extrem baufällige Haus zu betreten. Schließlich bin ich ja nicht lebensmüde.

Aber Niki gibt keine Ruhe.

»Nun komm schon, Lila. Da drin ist es ganz, ganz toll. Glaub mir!«

Und weil ich mich noch immer nicht von der Stelle rühre, umfasst sie meinen Unterarm und zieht mich einfach mit sich ins Haus.

»Oh Wahnsinn«, hauche ich Sekunden später. Das hier ist noch bunter als Nikis Klamottenmix. An den Wänden hängen selbst gemalte Bilder, überall stehen mit Spielen und Büchern vollgestopfte Regale, Kommoden und Truhen. Gemusterte Teppiche schmücken den eher schlichten Linoleumfußboden. Hier ein Sitzsack, dort ein kuscheliges Sofa, und in der nächsten Ecke ein gemütlicher Berg aus Kissen und Decken. Und dazwischen jede Menge lachende, lesende, spielende Kinder.

»Willkommen in der *Gelben Villa*!«, lacht Niki. »Und, was sagst du nun?«

»Echt schrill!« Mehr fällt mir dazu nicht ein. Allerdings meine ich das nicht böse. Kein bisschen. Die gute Laune hier ist total ansteckend. Schon nach wenigen Momenten hab ich das Gefühl, dass ich gar nicht mehr anders kann, als zu grinsen.

»Die Gelbe Villa ist ein Ort, an dem Kinder und Jugendliche sich wohlfühlen sollen. Darum ist sie auch von Kindern und Jugendlichen eingerichtet worden«, erklärt Niki mir, während sie mich die Treppe hinauf in die erste Etage zieht.

Spontan muss ich an Helene denken – nein, Helene wäre das hier alles viel zu chaotisch und schrill. Sie mag es schlicht, hell, überschaubar – eben sehr klassisch und edel. So wie unser Loft, so wie auch mein neues Zimmer. Wobei das alte in Grunewald ähnlich schlicht und aufgeräumt war.

Verdammt, je länger ich darüber nachdenke, desto langweiliger kommt mir mein Umfeld zu Hause plötzlich vor. – Ähm … desto langweiliger finde ich mich selbst.

Inzwischen sind wir in der ersten Etage angekommen. Hier ist es nicht ganz so kunterbunt, aber immer noch wesentlich lebendiger als bei uns zu Hause.

»Zum Glück«, atmet Niki hörbar auf. »Wir haben es noch rechtzeitig geschafft.«

»Was?«, frage ich.

Niki grinst geheimnisvoll.

Ich knuffe ihr gegen den Oberarm. »Jetzt mach es doch nicht so spannend. Sag schon, was hast du vor?«

»Sei doch nicht so ungeduldig!« Sie grinst sie mich an. »Ich hab dir versprochen, ich zeig dir *mein* Kreuzberg, und wenn du danach immer noch nur eins willst, nämlich hier weg, tja, dann …«

»Was dann?«, falle ich ihr ins Wort. »Willst du

dann meinen Vater überreden, dass wir augenblicklich unsere Koffer packen und zurück nach Grunewald ziehen? Die Mühe kannst du dir sparen. Ich hab wirklich schon alles versucht. Glaub mir, aaalles!«

Niki zuckt die Achseln. »Ich denke, soweit wird es nicht kommen.«

Bevor ich etwas darauf erwidern kann, schiebt sie mich in einen der Räume, die von dem breiten Flur abgehen. Ungefähr sieben, acht Jungen und Mädchen haben sich hier bereits versammelt und scheinen auf irgendetwas zu warten.

»Was wollen wir hier?«, flüstere ich Niki zu. Blöderweise spüre ich sehr deutlich, wie mir die Röte ins Gesicht schießt. Immer ist das so, immer. Ich hasse es. Sobald ich unsicher bin, werde ich automatisch zum Radieschen. Schreeecklich!

»Wir nehmen an einem Kurs teil. Die werden hier nämlich kostenlos angeboten.«

»Kurs? Was für ein Kurs?« Ich bin so erstaunt, dass ich nicht einmal merke, dass jemand neben uns getreten ist und mich amüsiert mustert.

»Heute wollen wir uns ganz und gar mit der Frage beschäftigen: Wie seht ihr euren Kiez?«, erklärt mir eine junge dunkelhaarige Frau mit lustigen Sommersprossen und einem echt großen Federohrring, der an ihrem rechten Ohrläppchen baumelt.

»Wie-was, ich meine, worum geht es?«, stammele ich perplex.

»Ich bin übrigens die Gesa, und du bist wohl heute zum ersten Mal hier, was?«

»Ja, Lila ist erst neu hierher gezogen«, ergreift Niki für mich das Wort. »Ich dachte, es wäre total super für sie, wenn sie Kreuzberg besser kennenlernt.«

Die junge Frau nickt. »Klasse Idee, Niki.« Dann wendet sie sich aber an mich. »Wo hast du vorher gewohnt?«

»In Grunewald«, antworte ich.

Gesas Augenbrauen schießen erstaunt in die Höhe. »Dann bist du ja überhaupt nicht neu in Berlin.«

»In Berlin nicht«, murmle ich. »Aber ich war noch nie in Kreuzberg, und, naja, genau dort wohne ich jetzt. Am Paul-Lincke-Ufer.«

»Und wenn mich dein geknickter Eindruck nicht täuscht, bist du darüber kein bisschen glücklich?«

Ich nicke. »Na ja, nicht so richtig …«

»Von wegen«, ruft Niki dazwischen. »Lila findet Kreuzberg zum Kotzen!«

Plötzlich sind sämtliche Augen auf mich gerichtet. Meine sanfte Radieschenröte geht in feuriges Klatschmohnrot über, während ich Niki fassungslos anstarre. Was soll das? Warum muss sie die anderen gleich gegen mich aufbringen? Ich dachte, Niki sei in Ordnung.

Insgeheim hab ich sogar mehr als nur einmal in letzter Zeit darüber nachgedacht, ob sie nicht tatsächlich meine Freundin werden könnte. Also eine richtige – vielleicht sogar die allerbeste. Doch dann schleppt sie mich hierher, tut so, als ob sie es gut meint, um mich dann vor all den fremden Kindern und dieser Gesa total zu blamieren.

»Ich geh dann jetzt besser mal wieder«, murmle ich verlegen und will mich davonschleichen.

Aber Niki hält mich fest.

»Hä? Warum das denn, Lila?« Sie schaut mich überrascht an. »Wir wollen doch an dem Fotokurs teilnehmen?!«

Auch Gesa versteht scheinbar nicht, warum ich wegmöchte. »Ich finde Nikis Idee total super. So lernst du Kreuzberg ganz wunderbar kennen! Und bestimmt findest du es nachher richtig gut.«

Nimmt mir denn keiner von denen mein »Kotz-Kreuzberg« übel?

Vorsichtig schaue ich von einem zum anderen. Die meisten lächeln mich an. Ein molliges Mädchen mit dunkler Hornbrille zeigt mir sogar den erhobenen Daumen.

»Nun komm schon, Lila!« Niki lächelt, als ob sie sich keiner Schuld bewusst wäre. »Und wenn du heute Nachmittag Kreuzberg immer noch kackbescheuert findest, dann gebe ich dir ein Eis mit mindestens sieben Kugeln aus. Quasi als Entschädigung.«

Gesa lacht. »Na ja, wenn das mal kein verlockendes Angebot ist.«

»Kackbescheuert hab ich aber nicht gesagt«, stelle ich nuschelnd klar.

»Kackbescheuert, zum Kotzen, hässlich, abstoßend, alt, verbaut, heruntergekommen – zu Kreuzberg gibt es viele unterschiedliche Meinungen«, sagt Gesa. »Aber letztendlich muss sich jeder selbst sein Bild davon machen und entweder liebt er es oder eben nicht. Doch so wie ich dich einschätze, Lila, wirst du nachher kein Eis von Niki verlangen.«

Ich hab zwar absolut keine Ahnung, wie sie mich nach ungefähr viereinhalb Minuten *richtig einschätzen* kann, aber mich länger zu weigern, ist noch lächerlicher, als Niki mich eh schon gemacht hat.

»Okay«, murmele ich. »Ich kann's ja mal ausprobieren.«

Niki fällt mir begeistert um den Hals und drückt mir einen schmatzenden Kuss auf die Wange. Ihr ist offenbar wirklich nicht klar, dass sie mich gerade total blamiert hat – oder bin ich einfach zu empfindlich?

Viel Zeit, um darüber nachzudenken, bleibt mir nicht. Gesa bittet nämlich um Aufmerksamkeit. »Ihr bekommt immer zu zweit eine Spiegelreflexkamera von mir. Zunächst erkläre ich euch die wichtigsten Grundlagen der Schwarz-Weiß-Fotografie und wie man die Kameras bedient. Anschließend gehen wir gemeinsam durch den Bergmannkiez und erkunden unsere Nachbarschaft. Natürlich immer auf der Suche nach tollen Motiven. Zum Schluss finden wir uns wieder hier zusammen und entwickeln gemeinsam im Fotolabor unsere eigenen Schwarz-weiß-Abzüge. Habt ihr noch irgendwelche Fragen dazu?«

Tausend!, schießt es mir durch den Kopf. Aber weil von den anderen niemand etwas sagt, halte ich lieber auch den Mund. Schließlich fühlt es sich gerade so an, als ob sich meine Gesichtsfarbe endlich wieder auf ein hauchfeines Rosa abgekühlt hat.

»Okay, dann händige ich euch jetzt die Kameras aus, weise euch kurz ein und dann kann es auch schon losgehen.«

Niki strahlt mich glücklich an. »Das wird toll«, verspricht sie mir. »Ich hab schon mal an einem Fotokurs von Gesa teilgenommen. Allerdings haben wir da nur Fotos vom Tempelhofer Feld gemacht. Diesmal wollen wir ja überall hingehen. Das wird bestimmt noch spannender.«

Niki hat nicht zu viel versprochen, denn spannend wird es in den nächsten zwei Stunden tatsächlich für mich. Noch niemals zuvor bin ich mit so offenen Augen durch die Gegend gegangen. Und dass es in Kreuzberg Berge gibt, das hätte ich auch nie vermutet.

»Klar, wer ein leidenschaftlicher Bergsteiger ist, der wird hier bestimmt nicht auf seine Kosten kommen«, hat Gesa uns mit einem Augenzwinkern erklärt. »Doch einen Hauch von Höhe gibt es dennoch im Bergmannkiez, nämlich hier am Kreuzberg. Er bietet euch einen hervorragenden Blick über die Stadt – und vor allem über die Baumallee der Großbeerenstraße. Ich denke, hier finden sich unzählige Motive.«

Etwas später hat uns Gesa dann noch das Meer gezeigt. Erst wollte ich es nicht glauben – Berlin liegt doch nicht am Meer, auch Kreuzberg nicht. Doch als wir schließlich zweimal um die Ecke gebogen sind, stehen wir tatsächlich am Wasser.

»Hört mal«, fordert Gesa uns auf. »Kein Großstadtlärm mehr. Nur noch das Plätschern des Wassers und der Wind, der leise bläst. Ist das nicht einfach nur herrlich?«

Natürlich ist es nicht der richtige Ozean, sondern der Landwehrkanal. Doch mit etwas Fantasie und dem richtigen Blick durch die Kamera könnte man glatt meinen, Kreuzberg läge direkt am Meer.

Als Niki sich um kurz vor fünf vor meiner Haustür von mir verabschiedet – und zwar mit einer festen

Umarmung – habe ich jede Menge Fotos von Kreuzberg gemacht und muss Niki recht geben. Hier ist es nicht zum Kotzen! Kein bisschen.

»Das war ein toller Tag, Niki!«

»Das finde ich auch! Also muss ich dir kein Eis mit sieben Kugeln kaufen?«, fragt sie.

Ich schüttle den Kopf. »Bestimmt nicht!«

Einen Moment lang sieht mich Niki nachdenklich an, dann erklärt sie aus heiterem Himmel: »Du, Lila, ich mag dich richtig gern.«

»Oh, wie-wie schön«, krächze ich. Mehr fällt mir beim besten Willen nicht ein – ich bin einfach zu überrascht und erfreut, und ja, ich mag Niki auch richtig, richtig gern. Aber irgendwie fehlen mir die Worte, um ihr das zu sagen.

Niki neigt den Kopf leicht nach links. »Fíli?«, fragt sie leise.

Ich zucke ratlos die Schultern. »Was-was bedeutet das?«

»Ich dachte, das wüsstest du?«, erwidert Niki und läuft davon.

Während ich ihr verblüfft hinterherschaue, schwirrt mir das fremde Wort durch den Kopf.

Fíli.

Fíli.

Was um alles in der Welt bedeutet Fíli?

»Lila?«, werde ich plötzlich von der Seite angesprochen. »Träumst du mit offenen Augen?«

Es ist der Professor. Mit der linken Hand hält er eine durchsichtige pralle Tüte umklammert, in der mindestens sieben Guppys herumschwimmen.

»Ich … ähm … nein, ich wollte gerade reingehen«, stammle ich.

Der Professor hält mir die Tür auf. »Nun gut, dann bitte nach Ihnen«, scherzt er bestens gelaunt.

Ich murmle *danke* und husche ins Treppenhaus.

»Magst du mir gleich helfen, die Fische an ihr neues Zuhause zu gewöhnen?«, fragt der Professor, während wir die Treppenstufen hinaufgehen.

Ich zucke die Schultern. Lust hab ich bestimmt nicht. Ich möchte die Fotos aufhängen und dann herausfinden, was *Fíli* bedeutet. Oder besser andersherum.

Ich könnte natürlich auch den Professor danach fragen – schließlich weiß er fast alles. Aber irgendwie hab ich das Gefühl, dass es etwas sehr Persönliches zwischen Niki und mir ist und …

Mitten in dem Gedanken verirrt sich mein Blick durch das Treppenhausfenster hinaus auf die gegenüberliegende Straße. Dorthin, wo Niki sich gerade mit Philipp Blödbacke abklatscht. Die beiden lachen sich fast scheckig über irgendetwas.

Über mich?

Fünf Gründe für Kreuzberg:

1) Kreuzberg liegt direkt am Meer – zumindest mit etwas Fantasie.
2) In Kreuzberg kann man sogar zum Bergsteiger werden. Der Blick vom Kreuzberg ist atemberaubend! Ungelogen!
3) Die Gelbe Villa ist fantastisch. Ich freue mich schon auf den nächsten Kurs.
4) Die unendliche Weite des Tempelhofer Feldes. Ich liiiiibe es!
5) Die vielen Trödelläden in der Bergmannstraße. Hier gibt es soooo viel zu sehen (und zu fotografieren), ich hätte niemals gedacht, dass Trödelkrams so interessant sein kann.

Und was noch immer doof an Kreuzberg (und überhaupt) ist:

1) Über uns wohnt noch immer Philipp – und der hat mir dann auch gleich mal wieder schön den Tag vermiest. Er hat sich mit Niki getroffen, sie haben soooo gelacht. Es hat sich so angefühlt, als ob sie sich über mich köstlich amüsiert hätten ...
2) Mit Helene hab ich es mir jetzt wohl komplett verscherzt. Erst war es mir egal, weil ich es echt total doof fand, wie sie Niki behandelt hat. Aber inzwischen denke ich, ich hätte Helene nicht einfach so abziehen lassen sollen ... oder doch. Verdammt, ich bin komplett verwirrt. Alles ist so kompliziert und überhaupt ...
3) Aber vielleicht sehe ich ja auch alles viel zu schwarz (schließlich haben wir gerade Schwarz-Weiß-Fotos entwickelt ☺) ...???
ICH WEISS ES EINFACH NICHT! MENNO!!!

Kapitel 12

Das, in dem ich was herausfinden will und am Ende etwas ganz anderes begreife

»Lila, wer hat denn die tollen Fotografien gemacht?« Wanda steht in meinem Zimmer und bestaunt meinen neuen Wandschmuck.

»Ich!«, erkläre ich.

Nun ist Wanda noch verblüffter. »Du? Aber wo denn und vor allen Dingen wann?«

Ich strample die Decke zur Seite und springe aus meinem Bett. »Am Bergmannkiez mit Niki.«

»Ist Niki das nette dunkelhaarige Mädchen, das gestern kurz hier war?«

Ich nicke. Obwohl ich ehrlich gesagt noch immer nicht weiß, ob Niki wirklich nett ist oder nur ein falsches Spiel mit mir treibt.

Die halbe Nacht habe ich mir das Hirn darüber

zermartert. Und bin doch zu keinem Schluss gekommen. Mal ist Niki total nett, zeigt mir Kreuzberg, tut so, als ob es ihr total wichtig wäre, dass ich mich hier wohlfühle. Dann muss ich durch Zufall mitansehen, wie sie sich mit Philipp Blödmann außerordentlich über irgendetwas belustigt. Ich kann leider nicht anders, als zu denken, dass ich diejenige war, über die Niki und Philipp sich fast kringelig gelacht haben.

Es ist nur so ein diffuses Gefühl. Mit Sicherheit weiß ich es nicht. Aber es rumort ganz schrecklich in mir. Ja, es lässt mir einfach keine Ruhe.

Deshalb habe ich auch beschlossen, es herauszufinden. Und zwar jetzt und auf der Stelle!

»Ich bin dann auch gleich weg«, sage ich zu Wanda.

»So früh?«, staunte sie. »Es ist gerade mal halb neun.«

»Hab 'ne Verabredung«, lüge ich, ohne rot zu werden.

Wanda lächelt. »Mit dieser Niki?«

Ich nicke.

»Oh, das freut mich wirklich sehr für dich«, erklärt Wanda. »Ehrlich gesagt hab ich mir schon ein wenig Sorgen um dich gemacht, Lilachen. Es kam mir bald so vor, als ob du hier stockunglücklich wärst. Aber wenn du sogar schon eine neue Freundin gefunden hast, dann war meine Sorge wohl unbegründet.« Wanda zwinkert mir verschwörerisch zu.

Tja, hab ich das?

Eine halbe Stunde später stehe ich vor dem griechischen Restaurant von Nikis Eltern.

Natürlich ist es um diese Uhrzeit noch geschlossen. Aber ich bin ja auch nicht hier, um etwas zu essen. Ich will zu Niki.

Ich werde sie fragen, ob sie sich gestern mit Philipp über *mich* scheckig gelacht hat. Und auch, warum sie mich vor den anderen Kursteilnehmern und Gesa so lächerlich gemacht hat. Ich will von Niki hören, was das Ganze soll.

Doch gerade als ich den Finger auf den Klingelknopf lege, öffnet sich die Haustür und Philipp Blödian Skobiak steht vor mir.

»Was willst du denn hier?«, rufen wir gleichzeitig.

Allerdings bin ich diejenige von uns beiden, die dabei ketchuprot angelaufen ist. Verdammt!

»Spionierst du mir etwa hinterher?«, fragt Philipp mit höhnischer Stimme.

»Bestimmt nicht!«, blaffe ich ihn an. »Du bist nämlich so ziemlich der Letzte, den ich sehen möchte.«

Jetzt besitzt er auch noch die Frechheit, mich dreist anzulächeln. »Bist du dir da ganz sicher?«

Ich balle die Fäuste. Zähle innerlich bis zehn. Nein,

nein, Lila, diesmal bleibst du cool. Total cool und super lässig. Lass dich bloß nicht von diesem arroganten Oberaffen reizen.

»Was macht eigentlich Ludger?«, fragte er unvermittelt und mit gänzlich veränderter Stimme. Beinah so, als ob es ihn ernsthaft interessieren würde.

Ich bin darüber so baff, dass ich tatsächlich antworte: »Dem geht es gut. Er kann sogar schon wieder fliegen.«

Prompt bekomme ich für meine Blödheit die Quittung von ihm präsentiert. »Na dann stell dich bloß nicht gleich wieder so dusselig an und lass ihn aus dem Fenster flattern.«

Dusselig? Hat der 'n Rad ab?

»Das geht dich verdammt noch mal nichts an«, knurre ich.

Philipp zuckt die Schultern. »Wenn er mein Trikot vollkackt, dann geht mich das schon etwas an, finde ich. Aber ich will mich nicht über Kleinigkeiten mit dir streiten. Verrate mir lieber, warum du mir nachschleichst?«

Mit bleibt die Luft weg, so empört bin ich. Was bildet sich dieser Lackaffe eigentlich ein. Ich fasse es nicht.

»Spinnst du! Ich schleich dir nicht nach.

Im Leben nicht!«

Philipp kratzt sich am Kinn. »Dann ist es also

reiner Zufall, dass du plötzlich Nikis beste Freundin sein willst?«

»Will ich ja gar nicht«, behaupte ich – allerdings nur, weil mir kein passenderer Spruch einfällt.

Philipp lacht – er lacht mich sogar aus. »Willst du doch! Seitdem du gerafft hast, dass ich mit Niki befreundet bin, klebst du wie eine Klette an ihr.«

Ich bekomme keine Luft mehr. Ich kann nur noch röcheln. Dieser Philipp Blödarsch ist echt das Allerallerletzte! Am liebsten würde ich ihm schon wieder eine scheuern.

»Du und deine beiden eingebildeten Freundinnen«, redet Philipp verächtlich weiter. »Ihr denkt doch immer, ihr seid was Besseres. Aber eins sage ich dir, Niki lasst ihr schö …«

»Phil, was schreist du denn hier so herum?« Niki ist ebenfalls aus dem Haus gekommen und schneidet ihm kopfschüttelnd das Wort ab, während sie schützend den Arm um meine Schultern legt. »Da kriegt man ja richtig Angst.«

»Verdammt, Niki, jetzt verteidige die doch nicht noch. Die will doch sowieso nur …« Mitten im Satz stockt Philipp, schnauft wie ein wütender Stier und schimpft: »Ist ja sowieso sinnlos. Dann lass dich doch von der da verarschen.« Damit stampft er davon.

Niki und ich sehen ihm ziemlich perplex hinterher.

»Worum ging es denn diesmal wieder?«, fragt Niki schließlich.

Ich zucke ratlos die Schultern. »Er hat gemeint, ich würde ihm nachschleichen, was natürlich der größte Blödsinn der Welt ist.«

»Weil du ihn genauso kotzkackedoof wie Kreuzberg findest«, kombiniert Niki.

Ich nicke. Dann schüttle ich den Kopf. »Also ihn schon, aber Kreuzberg vielleicht nicht mehr ganz so doll. Das hab ich dir doch gestern gesagt.«

Niki seufzt tief. »Schade. Also das mit Phil.«

»Warum, Niki? Ich meine, warum bist du um alles in der Welt mit Philipp befreundet?«, frage ich sie nun direkt. »Und weil wir gerade dabei sind, warum habt ihr gestern über mich gelacht?«

Niki bekommt Augen wie kleine Ufos. »Über dich gelacht? Wann soll das denn gewesen sein?«

Ich hole tief Luft. Dann sehe ich mich um. Wir stehen mitten auf der Straße. Tausend Leute könnten uns hören. Kein guter Platz, finde ich.

»Können wir vielleicht zu dir raufgehen?«, frage ich Niki.

Doch die schüttelt den Kopf. »Geht nicht. Wir haben Besuch aus Korfu. Meine Tante und meine beiden kleinen Cousins. Die Jungs schlafen noch. Und zwar auf meinem Sofa.«

Ich kann mir zwar absolut nicht vorstellen, wo auf dem vollgestopften Sofa noch Platz für zwei Jungs sein soll, aber vielleicht sind es ja ganz besonders kleine Jungs. Oder Niki hat tatsächlich aufgeräumt.

»Ich hab nicht allzu lange Zeit, weil ich mit Phil zu seinem Handballspiel will, aber wir können zum Bolzer gehen. Da ist um diese Zeit noch kaum jemand«, schlägt Niki vor und marschiert auch sofort los. Ich trabe ihr hinterher. Nach wenigen Momenten biegt sie links ab und dann stehen wir plötzlich inmitten einer grünen Oase, wie man sie von der stark befahrenden Straße aus beim besten Willen nicht vermutet hätte.

»Wow«, kann ich nur sagen. »Das ist ja schön hier.«

»Überrascht?«, fragt Niki. Sie sieht mich komisch an – irgendwie vorwurfsvoll.

»Ähm ja«, erwidere ich stutzig.

Schweigend zieht mich Niki zu einer kleinen Holzhütte rüber.

»Hier sind wir ungestört«, erklärt sie und setzt sich auf eine der beiden schmalen Holzbänke. Ich lasse mich auf der anderen nieder und sehe sie erwartungsvoll an. »Jetzt sag schon, Niki, was ist los?«

Niki rollt mit den Augen. »Na ja, bist nicht eigentlich *du* diejenige gewesen, die *mir* etwas sagen wollte?!«

Wieder schwingt leichter Vorwurf in ihrer Stimme mit. Überhaupt ist Niki ungewöhnlich ernst.

Ich schlucke schwer, bevor ich sage: »Es kommt mir bald so vor, als ob du sauer auf mich bist? Aber warum?«

Niki sagt es mir nicht. Sie zuckt nur die Schultern und das bereitet mir ein noch viel mulmigeres Gefühl.

»Wa-was habe ich getan?«

Wieder zuckt Niki nur mit den Achseln.

»Jetzt sag schon!«

Niki atmet tief durch, während sie mit der Schuhspitze unsichtbare Kreise auf dem Holzbretterboden zieht.

»Ich hab dich übrigens sofort erkannt, Lila, als du neulich im Hinterhof mit Phil gestritten hast«, beginnt sie schließlich dann doch leise zu erzählen. »Eigentlich wollte ich dich zu dem fiesen Tierarzt bringen, also der, der immer sofort einschläfert. Aber Ludger hat mir so leidgetan. Schließlich kann er ja nichts dafür.«

Ich starre Niki völlig perplex an und verstehe nur Bahnhof. »Was-was meinst du damit? Erkannt? Fieser Tierarzt? Niki, ich versteh dich gerade nicht.«

Langsam hebt Niki den Kopf und blickt mir direkt in die Augen. »Weißt du eigentlich, wie schlecht es

Phil wegen deiner Freundinnen und dir in der Schule geht?«

»Was?« Das wird ja immer verrückter. Philipp geht es meinetwegen schlecht? Hallo? Wer ist denn bitte schön derjenige, der seit dem ersten Tag in unserer Klasse nur nervt, nervt und noch mehr nervt.

Niki nickt. »Ihr habt ihn von Anfang an nur aufgezogen. Und das war etwas, was er ganz bestimmt nicht gebrauchen konnte. Stell dir nur mal vor, Lila, dein Vater würde plötzlich seine Koffer packen und gehen. Und dann musst du auch noch in eine wildfremde Stadt umziehen, und triffst auf neue Klassenkameraden, die dich nur mobben. Ich seid echt kotzfies zu ihm. Phil hat mir alles erzählt. Wie unglücklich er ist und wie schwer es ihm fällt in die Schule zu gehen … Er tut mir richtig leid.«

»Mobben?« Das wird ja immer verrückter. »Ich habe Philipp bestimmt nicht gemobbt. Er war doch derjenige, der von Anfang an so bescheuert arrogant rübergekommen ist.« Ich hole Luft. Und dann fällt mir noch etwas ein. »Und außerdem weiß ich ganz genau, wie sich das anfühlt. Schließlich lebt meine Mutter lieber am Amazonas als in Berlin bei ihrer Familie.«

»Oh«, macht Niki. »Das wusste ich nicht.«

»Dann weißt du es jetzt. Aber eigentlich ist das

auch alles völlig egal. Ich habe nämlich gerade kapiert, warum du so nett zu mir warst. Du wolltest mich ausspionieren, um dich dann für Philipp an mir zu rächen. Wofür und warum auch immer, aber ich weiß jetzt, dass es ganz genauso war. Und was dein komisches Wort bedeutet, dass will ich auch gar nicht mehr wissen.« Und in Gedanken füge ich hinzu: Ich ahne es aber, bestimmt heißt es Verräterin!

Bevor Niki etwas sagen kann, bin ich schon aufgesprungen und aus der Hütte gerannt. Blind vor Tränen stürme ich über den Bolzer, biege um die Ecke und knalle voll Karacho in Philipp hinein.

»Idiot!«, schreie ich ihn an.

»Blöde Kuh!«, schreit er zurück.

»Mach Platz!«

»Mach du doch Platz!«

Wutschnaubend stehen wir uns gegenüber. Keiner ist bereit, auch nur einen Zentimeter zur Seite zu gehen.

»Heulst du etwa?«, fragt Philipp spöttisch.

»Im Leben nicht!«, behaupte ich.

»Und warum sind deine Augen dann ganz feucht?«

»Weil-weil ich eben mit den Augen schwitze«, schreie ich ihn an und schubse ihn mit aller Kraft zur Seite. Dann laufe ich davon.

Warum Niki eventuell ein klitzekleines bisschen recht haben könnte:

1) An Philipps erstem Tag in unserer Klasse hat Helene gemeint, er würde peinliche Klamotten tragen und das hat sie nicht gerade leise gesagt – je länger ich darüber nachdenke ... Ja, Katharina und ich haben sehr, sehr laut darüber gelacht.
2) Über seinen sonderbaren Dialekt haben wir uns auch seeehr amüsiert.
3) Über seine Frisur ebenfalls.
4) Und seine blaue Nickelbrille erst recht. Die vielen Sommersprossen, die urige Schultasche, das eigenartige Rad, ... Ich fürchte, die Liste könnte ziemlich lang werden ... ☹

Aber warum sind wir eigentlich so fies zu Philipp gewesen?

Eigentlich fand ich Philipp zuerst recht nett. Einmal hat er mich gefragt, ob ich wüsste, wo es in Berlin einen guten Handballverein gäbe. Erst wollte ich ihm sogar antworten, doch dann kamen Helene und Katharina um die Ecke, und ich habe ihn angeblafft, dass ich nicht die Auskunft sei und er mich gefälligst nicht zutexten soll.
Ich glaube, ich weiß gar nicht so richtig, warum ich immer so fies zu Philipp war – und dann hat er angefangen, noch fieser zu mir zu sein.
Aber ich fürchte, wenn ich ganz genau darüber nachdenke, ich war zuerst fies. ☹

Kapitel 13

Das, in dem ich mal wieder abhaue

In den nächsten zwei Tagen sehe ich weder Philipp noch Niki. Aber ich finde, das ist auch ganz gut so, dank meiner Liste und weil ich ziemlich viel darüber nachgedacht habe, ist mir nämlich bewusst geworden, wie gemein ich mich Philipp gegenüber verhalten habe.

Und noch etwas habe ich kapiert, Niki hat mich tatsächlich nur ausgetrickst. – In Philipps Auftrag!

So betrachtet sind die beiden dann doch total beknackt und bescheuert und weil das so ist, werde ich bestimmt niiiie wieder ein Wort mit ihnen reden. Ganz ehrlich, lieber bleibe ich für immer eine Einzelgängerin und verbringe die meiste Zeit alleine in meinem Zimmer, als das ich mit denen noch mal was zu tun haben möchte. Mit Helene übrigens auch nicht.

Tja, dann bin ich jetzt wohl Robinson Crusoe, Ludger ist Freitag und mein Zimmer meine Insel.

Am Samstagmorgen kommt dann jedoch der Professor strahlend wie ein Breitmaulfrosch in mein Zimmer gestürmt und verkündet etwas, was mir direkt das Blut in den Adern gefrieren lässt.

»Guten Morgen, Lila. Annette hat gerade angerufen und uns heute Abend zum Essen eingeladen.«

»Wie – uns alle?«, röchle ich.

Der Professor nickt. »Eigentlich schon, aber Wanda hat gemeint, sie würde lieber ins Kino gehen.«

»Ich auch!«, rufe ich und springe von meinem Schreibtischstuhl auf. Gerade habe ich nämlich eine neue Liste angefangen. *Wie ich mich verhalte, wenn ich Philipp oder Niki treffe!*

Die Liste ist längst nicht fertig, und darum hab ich auch noch keine gute Strategie – außer mich unsichtbar zu machen, aber leider hab ich noch nicht rausgekriegt, wie das geht. Deshalb kann ich unmöglich mit zu dem Essen gehen. Ist ja wohl klar!

»Wie – du auch?« Der Professor beäugt mich misstrauisch.

»Ich möchte lieber mit Wanda ins Kino gehen.«

»Auf gar keinen Fall!«, erklärt der Professor.«

»Aber warum darf Wanda ins Kino und ich nicht?«, rufe ich trotzig wie ein Kleinkind.

Der Professor bläht die Nasenflügel weit auf. »Erstens ist Wanda nicht meine Tochter und zweitens diskutiere ich jetzt gar nicht mehr länger mit dir darüber. Du kommst mit und damit basta!«

Mein Herz beginnt ganz komisch zu holpern. Bestimmt bleibt es gleich stehen. Okay, in diesem Fall müsste ich wenigstens nicht mit hoch zu den Skobiaks – zu Philipp. Zu dem ich zwar zuerst ätzend war, der es mir aber sehr, sehr hinterhältig heimgezahlt hat.

Nein, da will ich nicht hin! Und deshalb werde ich mich auch weigern. Tausendprozentig werde ich heute Abend nicht zu den Skobiaks mitgehen!!!

* * *

Pünktlich um halb acht verlassen der Professor, Anna und ich unser Loft. In meinem Kopf rattert es. Schweiß steht mir auf der Stirn. Noch immer will ich nicht mit zum Essen kommen. Aber das interessiert meinen Vater nicht.

Wie fies!

Annette öffnet strahlend die Tür. Von Philipp ist zum Glück nichts zu sehen, was mich erst mal aufatmen lässt.

»Herzlich willkommen«, ruft sie feierlich und zieht erst Anna, dann mich und zum Schluss den Professor kurz in ihre Arme, um einen feuchten Kuss auf unsere Wangen zu platzieren.

Ihhh.

Der Professor wird tomatenrot und stammelt peinlich herum. »Danke-ähm-sehr-ähm-nett-ähm-für-die-Einladung.«

»Der ist wirklich total in die verknallt«, flüstert Anna mir zu.

»Ja klar doch«, flüstere ich ironisch zurück. »Und das macht ihrem Mann nichts aus ...« Mitten im Satz stocke ich, weil Martin ja irgendwie nicht der Mann von Annette sein kann. Der hat sich ja von ihr getrennt. Deshalb sind Annette und Philipp nach Berlin gezogen. Zumindest hat Niki das behauptet.

Aber wer ist dann eigentlich Martin?

»Die ist doch geschieden«, flüstert Anna prompt weiter. »Und nun sind der Professor und sein Kollege beide hinter ihr her.«

Aha, was meine Schwester mal wieder so alles weiß. Und es kommt noch besser.

»Hat mir Wanda erzählt. Natürlich ist die mega-enttäuscht deswegen, weil sie doch selbst in den Professor verknallt ist. Darum wollte sie heute auch nicht mit zu Annette zum Essen kommen.«

»Welcher Kollege denn?«, frage ich. Nicht weil es mich ernsthaft interessiert. Dieses ganze Liebesdrama ist mir viel zu doof – und außerdem glaube ich, dass Anna mal wieder mächtig übertreibt. – Aber die kleine Flüsterei mit meiner Schwester lenkt mich perfekt von meinem eigentlichen Problem ab. Und falls Philipp doch noch auf der Bildfläche erscheinen sollte, bin ich wenigstens mit Tuscheln beschäftigt und muss ihn keines Blickes würdigen.

»Mensch Lila, manchmal zweifele ich echt an dir«, zischt Anna kopfschüttelnd. »Natürlich der knallbunte Martin. Rate mal, warum der Professor plötzlich so poppige Klamotten trägt! Der will den locker ausstechen.«

Aha, jetzt verstehe ich langsam – oder auch nicht.

Zum Kopfzerbrechen bleibt mir jedoch nicht länger Zeit. Annette fordert uns auf, ihr ins Esszimmer zu folgen, was wir auch tun, im Gänsemarsch.

Wir sind nicht die ersten Gäste. Am Tisch sitzt bereits Martin und lächelt säuerlich. Der Professor tut total überrascht. »Martin? Was machst du denn hier?«

»Annette hat mich eingeladen«, erklärt sein Konkurrent patzig wie ein Kleinkind. Es würde mich nicht wundern, wenn er gleich noch ein »Ätschi-Bätschi!« nachschiebt.

»Nun gut, nun gut«, murmelt der Professor und setzt sich. »Annette meinte ja, außer dem engen Freundeskreis hat sie noch ein paar flüchtige Bekannte dazu gebeten.«

Der Professor ist giftig wie eine Natter. So kenne ich ihn gar nicht. So ganz langsam köchelt in mir der

Verdacht hoch, dass Anna möglicherweise doch recht haben könnte.

Oh mein Gott! Das wäre so ziemlich das Allerallerallerschlimmste, was mir passieren könnte!

Aus Philipp und mir werden Geschwister. Ausgeschlossen! Total und völlig ausgeschlossen!

Ich zupfe an Annas Ärmel herum. »Anna«, zische ich aufgeregt. »Das-das geht nicht. Hörst du, der Professor und diese Annette, das müssen wir unbedingt verhindern.«

Doch Anna kapiert es einfach nicht. Ihr ist anscheinend absolut nicht klar, dass ich unmöglich engeren Kontakt zu den Skobiaks haben kann – und wenn der Professor und Annette sich ... ähm ... verlieben, dann bleibt das wohl kaum aus. ARGH!

Sie zuckt nur entspannt die Schultern und säuselt: »Warum denn? Die sind doch süß zusammen. Okay, Wanda wäre mir auch lieber, aber wenn der Professor sich in Annette verknallt hat, dann ist das halt so ...«

»Was tuschelt ihr beiden denn ständig herum?«, will der Professor mit leicht vorwurfsvoller Stimme von uns erfahren.

»Nichts«, behaupte ich.

»Lila hat keine Lust auf Patchworkfamilie«, sagt Anna.

Spinnt die? Mir wird heiß und kalt zugleich.

»Blöd-Blödsinn«, keuche ich.

»Patchworkfamile?«, fragt Annette.

Anna grinst vielsagend, und klappt den Mund auf, da klingelt es. Mit einem entschuldigenden Lächeln eilt Annette zur Tür. Puh ... noch mal Glück gehabt.

»Anna«, raune ich meiner Schwester warnend zu. »Sei jetzt bloß still.«

Anna tut unschuldig. »Aber warum denn? Ich sag doch nur die Wahrheit.«

»Jetzt lasst doch mal endlich das Tuscheln sein«, motzt der Professor.

»Ich bin übrigens kein flüchtiger Bekannter von Annette«, blafft der grantige Martin den Professor empört an.

»So? Was denn sonst?«, knurrt der Professor zurück.

Ups, ich dachte, die sind Freunde, denke ich.

»Pöh«, macht Martin. »Ich wüsste nicht, was dich das angeht.«

»Ich schon!«, behauptet der Professor.

Ich schaue völlig perplex von einem zum anderen, und Anna flüstert: »Pass auf, gleich nehmen sie die Gabeln und duellieren sich.«

»Jetzt hör doch mal auf damit.« Ich stoße ihr meinen Ellbogen in die Seite.

»Aber warum denn?«, fragt sie unschuldig. »Ist doch lustig.«

Das finde ich nicht. Kein bisschen. Auch nicht, dass Philipp ins Esszimmer geschlendert kommt und – ich glaube es nicht – die Hand hebt und quer durch den großen, hellen Raum ruft: »Hallo Lila!« So als ob überhaupt nichts wäre. Als ob wir Freunde wären und nicht Erzfeinde.

Meine Hand bleibt unten. Mein Mund fest geschlossen. Dafür rattert es in meinem Kopf mal wieder wie verrückt. Bestimmt tut Philipp nur so nett, weil er insgeheim etwas total Fieses gegen mich ausheckt. Garantiert gehört das alles zu seinem Racheplan. Womöglich führt er auch eine Liste. Keine Für- und Wiederliste, eine Wie-räche-ich-mich-am-besten-an-Lila-Liste.

Gemein!

Ich muss hier weg. Sofort und auf der Stelle. Unmöglich kann ich mich an den Tisch setzen, womöglich sogar noch direkt neben Philipp – und fröhlich essen und trinken. Wahrscheinlich wird er mir heimlich in die Suppe spucken. Bäh. Oder was noch viel Schlimmeres tun.

Aber nicht mit Lila. Denn ich werde mich jetzt verziehen. Klammheimlich und schnell.

Die Gelegenheit ist gerade günstig. Der Professor ficht mit Martin einen fiesen Augenkampf aus, Anna beobachtet die beiden dabei, Annette ist mit den neu eingetroffenen Gästen, einer dünnen Frau und einem sehr dicken Mann, beschäftigt und stellt ihnen gerade Philipp vor. Also schlendere ich zur Tür, schlüpfe hinaus, und bin auch schon ins Treppenhaus gehuscht.

Wenn ich erst einmal wieder in unserem Loft in Sicherheit bin, dann werde ich den Professor auf seinem Handy anrufen und ihm erklären, dass ich ganz plötzlich schreeeeckliche Bauchschmerzen bekommen habe, beschließe ich, während ich die Treppen hinunterlaufe.

Doch als ich in unserem Stockwerk angekommen bin, steht plötzlich Niki vor mir.

»Hallo Lila, wo willst du denn …«

Ich lasse sie nicht ausreden. »Das geht dich gar nichts an«, presse ich hervor.

Niki runzelt die Stirn. »Warum bist du denn so zickig? Hab ich dir was getan?«

Oh ja, das hast du!

Ich hole tief Luft, bin so wütend wie noch nie in meinem ganzen Leben.

»Du hundsfiesgemeine Gurke! Du oberübelsthinterhältige Quarktasche! Du … du …« Vor Zorn gehen mir glatt die Schimpfwörter aus. »Du hast mich reingelegt! Du findest mich gar nicht nett. Du wolltest dich nur an mir rächen. Wegen Philipp. Dabei geht dich das doch eigentlich gar nichts an.«

Ich umklammere den Haustürschlüssel in meiner Hand so fest, dass sich die kleinen Zacken schmerzhaft in meine Haut bohren. Aber ich spüre den Schmerz nicht, mein Herz tut mir viel mehr weh.

»Ich war fies zu Philipp, das ist mir inzwischen auch klar«, schreie ich Niki an. »Aber das gibt dir noch lange nicht das Recht, mich so zu belügen.«

»Wie kommst du darauf, dass ich dich belogen habe?« Nikis Stimme zittert ganz komisch.

»Na …, weil du gesagt hast, dass du mich magst.« Mein Herz donnert wie ein Gewitter. »Aber das stimmt gar nicht, denn in Wirklichkeit warst du nur nett zu mir, damit du dich anschließend mit Philipp über mich lustig machen kannst!«

Niki schüttelt langsam den Kopf. »Das stimmt nicht.«

»Ich glaub dir kein Wort!« Meine Stimme klingt ganz schrill. Dann fangen auch noch meine Lippen an zu zittern und eine Träne kullert mir über die Wange. Das macht mich so wütend, dass ich nur noch: »Ach lass mich doch, du dusselige Kuh!«, kreischen kann und davonstürme.

Und während ich schluchzend in unsere Wohnung verschwinde, fällt mir auf, dass ich in letzter Zeit verdammt oft weglaufe.

Warum ich ständig weglaufe:

1) Weil ich nicht mit Philipp reden will – mit Niki auch nicht!

2) Weil ich immer gleich voll peinlich zu heulen anfange. Das nervt.

3) Weil ich immer zum Ampelmännchen werde – ätzend, dusselig. Knallrot! SCHLIMMMMM!!!

3) Weil mir NIE die passenden Worte einfallen wollen. Ich bin leider kein bisschen WORT-GEWANDT – oder so.

4) Weil ich trotz allem so traurig wegen Niki bin und nicht will, dass sie das merkt.

5) Weil ich Philipp gegenüber tatsächlich ein schlechtes Gewissen habe.

6) Weil mich gerade alles so total wuschig macht. Anna, der Professor, Wanda, Annette – und auch der eifersüchtige Martin.

7) Weil ich ja beschlossen habe, Einzelgängerin zu werden!

8) Weil Doro auch immer wegläuft (womöglich habe ich das von ihr geerbt und kann gar nichts dafür?).

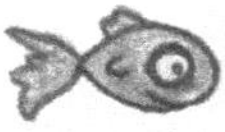

Was ich ändern kann – damit ich eben nicht immer weglaufen muss:

1) Ich könnte so tun, als ob ich die Stimme verloren hätte. Irgendeine Dauerheiserkrankheit. Dann muss ich nicht mehr mit den beiden sprechen – weil ich es ja gar nicht kann!
2) Ich könnte eine Zwiebel bei mir tragen. Wenn ich anfangen muss zu heulen, dann behaupte ich, dass die Zwiebel daran schuld ist. Ähm ... aber warum schleppe ich ständig eine Zwiebel mit durch die Gegend???
3) Ich könnte an einem Seminar in der Gelben Villa teilnehmen. Bestimmt bieten die auch sowas an – spontane Sprüche für jede Gelegenheit!
4) Ich fürchte, wegen Niki werde ich noch seeehr lange traurig sein – ich fürchte, ich hätte sie verdammt gern zur Freundin gehabt. ☹
5) Das stimmt! Immer noch! Bestimmt auch noch länger! Mist!
6) Hmmm ...
7) Tja ...
8) Da kann man dann wohl nichts machen ...

Kapitel 14

Das, in dem der Professor mir eine Geschichte erzählt

Am nächsten Morgen reißt mich der Wecker brutal aus dem Schlaf, und eh ich mich versehe, sitzt der Professor auf meiner Bettkante. Er schaut mich nachdenklich an. »Magst du mir erklären, warum du schon wieder einfach abgehauen bist, Lila?« Er hat seine Psychologenstimme aufgelegt, und ich bin sofort in Alarmbereitschaft.

»Manno Papa, ich schlafe noch«, nöle ich erst einmal, um Zeit zu gewinnen.

»Lila, bitte.« Er streckt die Hand nach mir aus. »Du weißt doch, dass du mit all deinen Sorgen und deinem Kummer immer zu mir kommen kannst.« Er tätschelt meine Schulter. »Ist es wegen Helene? Wanda hat gemeint, ihr hättet euch wohl neulich ziemlich böse gestritten, und Helene sei daraufhin sehr wütend abgezogen.«

Ich presse die Lippen fest zusammen.

»Also bist du ihretwegen so neben der Spur«, kombiniert mein Vater.

Ich will nicht mit ihm reden. Außerdem steckt mir ein blöder dicker Kloß im Hals. Und überaußerdem liegt er noch falscher als sonst.

Wobei … eigentlich hat Helene schon etwas mit der ganzen Sache zu tun. Verdammt, ist das alles kompliziert.

Stöhnend greife ich mit beiden Händen meine Zudecke und ziehe sie mir mit einem entschlossenen Ruck über den Kopf.

»Also wirklich, Lila, das ist doch kindisch«, findet der Professor.

»Ich bin ja auch ein Kind«, murmle ich unterm Deckbett.

»Genau, nämlich *mein* Kind. Und deshalb kann ich es gar nicht gut leiden, wenn du Kummer hast.«

»Hab ich nicht«, behaupte ich.

Einen Moment lang herrscht Stille. Ich hoffe schon, dass der Professor es aufgegeben hat und aus meinem Zimmer verschwunden ist, da kitzelt er mich am linken Fuß, der leider halb unter der Zudecke hervorlugt.

»Lass das«, brumme ich.

Er kitzelt weiter.

»Lass das!«, schnauze ich und ziehe den Fuß ein.

Der Professor findet meinen Fuß auch unter der Bettdecke und kitzelt ihn nochmal.

»HÖR AUF DAMIT!«, schreie ich und trete gleichzeitig nach seiner Hand. »ICH WILL DAS NICHT!«

Das Schreien tut gut. Es befreit mich irgendwie. Mein Herz donnert zwar ganz wild, aber ich bekomme wieder besser Luft. Und die Kitzelhand ist auch verschwunden.

Nach einem Moment höre ich den Professor sagen: »Ich bin hier, Lila, und höre dir zu, wenn du magst.«

Ich *mag* eigentlich nicht. Trotzdem krieche ich seitlich unter der Zudecke hervor.

»Ich hab gedacht, es macht mir nichts aus, eine Einzelgängerin zu sein. Ich bin auch nicht wirklich traurig wegen Helene, denn irgendwie passen wir schon seit Längerem kein bisschen mehr zusammen. Das ist mir aber erst in den letzten Tagen so richtig klar geworden, ganz besonders durch Niki und auch ein bisschen durch Philipp. Und wenn ich an Niki denke, dann ...« Ich kann nicht mehr weiterreden, ich kann nur noch heulen.

Der Professor streichelt mir sanft über den Kopf und lässt mich eine ganze Weile lang weinen.

Dann sagt er: »Ich hatte mal eine Patientin.«

Ich stöhne auf. Der Professor und seine Patienten. Von denen will ich jetzt bestimmt nichts hören. Aber der Professor ist mal wieder nicht zu bremsen.

»Als ich noch meine Praxis hatte, kam mal eine junge Frau zu mir – nennen wir sie jetzt einfach mal Sybille.«

Die Geschichte, die mir der Professor von dieser Sybille erzählt, handelt in erster Linie vom Laufen. Sybille rannte nämlich vor jedem Problem davon. Wenn ihr irgendetwas nicht behagte, schlüpfte sie in ihre Joggingschuhe und lief los. Manchmal stundenlang. Das führte dazu, dass Sybille immer dünner wurde und auch schwächer. Eines Tages war sie dann so erschöpft, dass sie umknickte und in einen Graben fiel. Dort lag sie einen Tag und eine Nacht lang, bevor man sie fand und völlig unterkühlt und entkräftet ins Krankenhaus brachte.

»Nun konnte sie nicht mehr weglaufen, denn sie hatte sich den Knöchel gebrochen«, sagt der Professor. »Sybille hat sich ganz schön gewundert, als sie begriff, dass die meisten Dinge sich ganz einfach aufklären, wenn man ihnen die Chance gibt und nicht gleich davonläuft.«

Dann beugt er sich über mich und haucht mir einen Kuss auf die Stirn, bevor er leise mein Zimmer verlässt.

Ich bleibe noch eine lange Weile regungslos im Bett liegen und starre gegen die weiße Zimmerdecke.

Mein Vater und seine verrückten Geschichten – natürlich weiß ich längst, das keine davon wahr ist.

Okay, vielleicht ein klitzekleines bisschen …

* * *

Am Nachmittag schaue ich Philipp im Innenhof dabei zu, wie er mit dem Handball dribbelnd hin und her rennt. Natürlich sieht er mich nicht, denn ich stehe oben am Fenster und beobachte ihn heimlich.

Komisch, schießt es mir durch den Kopf, jetzt tue ich ganz genau das, was er mir neulich vorgeworfen hat und worüber ich mich so doll aufgeregt habe, dass ich weggerannt bin: Ich spioniere ihm nach. Wobei *spionieren* ist nicht ganz richtig. Schließlich wohne ich hier, und was kann ich denn schon dafür, dass ich aus dem Fenster gucke und dabei zufällig Philipp sehe?

Ich könnte damit aufhören. Aber das will ich nicht. Es ist völlig verrückt, doch wenn ich Philipp sehe, dann muss ich automatisch an Niki denken. Und wenn ich an Niki denke, dann fällt mir ein, wie wir uns das erste Mal begegnet sind. Mir kommt die Ludger-Rettungsaktion wieder in den Sinn. Ich denke an ihr knallbuntes Zimmer und wie sie mich vor dem Rest der Welt darin versteckt hat. Und an die

Foto-AG und an die vielen Tiere, die sie schon gerettet hat. Und an ihre lustige Art und ihre verrückten Klamotten. Und auch, dass sie sich für andere einsetzt – zum Beispiel für Philipp, der ziemlich unter Helenes, Katharinas und meinen Gemeinheiten gelitten hat. Und sogar für eine Ratte – ihhhh!

Ich stehe am Fenster, die linke Wange gegen das kalte Glas gedrückt, und mein Herz tut richtig, richtig weh, weil ich Niki so sehr vermisse. Es ist total verrückt, dabei kenne ich sie doch erst seit Kurzem.

Und urplötzlich fällt mir wieder ein, dass sie dieses sonderbare Wort zu mir gesagt hat. Ich wollte doch herausfinden, was es bedeutet.

Also laufe ins Arbeitszimmer des Professors.

Er sitzt an seinem breiten Schreibtisch und starrt Löcher in die Luft.

»Geht es dir nicht gut?«, frage ich ihn, weil er echt ein wenig … na ja … grün um die Nase aussieht.

Doch er schüttelt den Kopf. »Alles okay. Ich habe nur gerade sehr angestrengt über etwas nachgedacht.« Er lächelt mich warm an. »Und wie ist es bei dir? Fühlst du dich etwas besser?«

Ich nicke. »Ja, also noch nicht so ganz. Aber ich habe auch nachgedacht. Und zwar über die Sache mit dieser Sybille. Natürlich weiß ich, dass du dir das alles nur ausgedacht hast, aber …«

»Unsinn!«, behauptet der Professor. Ich erkenne aber an seiner Nasenspitze, dass er flunkert. Sie zuckt nämlich leicht.

»Ist ja auch egal«, winke ich ab. »Ich muss nämlich etwas ganz, ganz Wichtiges herausfinden.«

»Und das wäre?«

Ich hole tief Luft. »Kannst du eigentlich Griechisch?«

Ich bin mir nämlich ziemlich sicher, dass es ein griechisches Wort ist, das mir Niki aufgetragen hat, herauszufinden.

Der Professor nickt. »Das ein oder andere Wort schon.«

Ich zupfe ihm aufgeregt am Ärmel herum. »Hach, ich wusste es«, freue ich mich. »Dann musst du mir jetzt unbedingt ein Wort übersetzen.« Gleichzeitig zieht sich mein Magen angstvoll zusammen. Und wenn es nun doch Verräterin, blöde Kuh, Kotztante oder sonst was Gemeines bedeutet?

»Und das lautet?«, fragt der Professor mich lächelnd.

»Warte!«

»Worauf?« Der Professor schaut mich fragend an.

»Ich bin noch nicht so weit.«

Ich kratze mich wild am Kopf, ich bin soooo schreeecklich aufgeregt. »Fíli«, wispere ich. »Was bedeutet Fíli?«

Der Professor runzelt die Stirn und mir schwant Fürchterliches. Doch dann legt er mir die Hand auf den Arm und erklärt: »Das ist wirklich ein wunderschönes Wort, Lila, und ein ganz besonders kostbares noch dazu. Du kannst dich glücklich schätzen, wenn das jemand zu dir sagt!«

Wie aus mir doch KEINE Einzelgängerin wird:

1) Ich werde zukünftig nicht mehr sofort beleidigt sein und wegrennen, als ob mich 'ne wilde Hummel gestochen hat!
2) Ich gebe neuen Dingen (auch Wohnvierteln und Loftwohnungen) eine Chance und bin nicht immer soooofort dagegen!
3) Ich lasse endlich das Feldhockey sein (darin bin ich eh grottenschlecht und außerdem habe ich das nur gemacht, weil Helene es gemacht hat ☹) und suche mir eine Sportart, die mir wirklich Spaß macht. In so einem Sportverein lernt man nämlich ruckizucki neue Leute kennen. Und ich belege so ziemlich jeden Kurs, der in der Gelben Villa angeboten wird – und lerne noch mehr neue Leute kennen.
4) Aber am allerallerliebsten möchte ich Niki zur Freundin haben ... noch immer, schon wieder. ja, das wünsche ich mir wirklich sehr, sehr, sehr, und ich glaube, sie auch, denn schließlich hat sich mir das ja (irgendwie) gesagt ...

Was dennoch voll danebengehen könnte:

1) Meine Füße könnten von ganz alleine losstampfen – ohne dass ich es will und verhindern kann. Auweia!
2) Das sollte eigentlich machbar sein, finde ich.
3) Ja! Ja! Ja! Ich hab Feldhockey niiiie gemocht. Aber was ist, wenn ich null Talent für irgendeine andere Sportart habe. Hmm ... kann man auch irgendwo Mitglied sein, wenn man NICHTS kann?
   Gelbe Villa – guter Plan! ☺
4) Wie soll ich das anstellen? Ich weiß es absolut und gar nicht!!! Und dann ist da ja noch immer Philipp, und er und ich, ich glaube, das geht einfach nicht. Es ist verflixt und zugenäht ganz, ganz großer Mist! ☹

Kapitel 15

Das, in dem ich mit Philipp nach Tinkas Frauchen suche

Wanda hat mal gesagt, das Leben steckt voller Überraschungen. Man denkt, ein Weg ist zu Ende, und plötzlich öffnet sich eine Tür und es kommt etwas heraus, womit man überhaupt nicht gerechnet hat. Ob sie damit wohl das kleine Katzenbaby gemeint hat?

Ich bin auf jeden Fall ziemlich überrascht, als es mir am Montagmorgen im Hinterhof entgegenkommt.

Es miaut ganz kläglich und sieht auch ganz genauso aus.

»Wo kommst du denn her?«, murmle ich mitleidig, während ich vor dem jämmerlichen Bündel in die Hocke gehe.

Sofort presst es seinen dürren Körper gegen mein Schienbein und fängt an, wie ein Rasenmäher zu schnurren. Vorsichtig streichle ich das grau getigerte Köpfchen der kleinen Katze, und bemerke dabei hinter dem rechten Ohr eine harte Stelle. Bei genauerer Betrachtung stellt sich die Verhärtung als eine dicke, blutige Kruste heraus. Doch auch wenn Wanda immer meint, wenn Schorf drauf ist, dann beginnt es zu heilen, erkenne ich sofort, dass diese Wunde bestimmt nicht auf dem Weg der Besserung ist.

»Auweia, das sieht ja richtig schlimm aus. Du musst zu einem Tierarzt und zwar sofort!«

Entschlossen ziehe ich meine Strickjacke aus, wickle das Kätzchen darin ein, nehme es auf den Arm und gehe zurück ins Treppenhaus. Wenn sie hier herumläuft, dann wird sie bestimmt auch jemand aus dem Haus gehören, hoffe ich.

Zuerst klingle ich unten bei den Hornschuhs. Leider öffnet mir niemand. Auch die Breitners sind nicht daheim.

Bei Wanda brauche ich nicht nachzufragen, ich weiß, dass wir keine Katze haben, und Familie Skobiak werde ich bestimmt nicht fragen.

Okay, dann bringe ich das kleine arme Ding halt alleine zum Tierarzt. Knups wird sich bestimmt um sie kümmern, auch wenn ich momentan nicht weiß, wem sie gehört.

Entschlossen trabe ich los. Allerdings nur bis zur

nächsten Hausecke. Dann wird mir klar, dass ich nicht mehr weiß, wo genau die Tierarztpraxis von Knups eigentlich ist.

Mist!

Ich könnte Niki fragen?

Genau!

Also mache ich auf dem Absatz kehrt und treffe nach wenigen Schritten auf Philipp.

Verdammt!

Ja, ich muss das mit ihm klären. Und ja, vielleicht sollte ich mich sogar für die eine oder andere Gemeinheit bei ihm entschuldigen. Eventuell. Aber jetzt bin ich gerade überhaupt nicht darauf eingestellt, und außerdem muss ich erst mal meine Liste befragen, wie ich das am besten anstelle.

Leider ahnt Philipp nichts davon, denn er will reden.

Jetzt!

Auweia.

»Lila, gut das ich dich treffe«, sagt er mit ernster Stimme. Seine Wangen sind leicht rosa angehaucht – was mich ein wenig verwirrt.

»Es geht um Niki«, fährt er fort.

Ich schüttle den Kopf. »Schon gut, Philipp, ich hab verstanden, ihre beide seid gute Freunde und …«

»Nun hör doch erst mal zu«, fällt Philipp mir ins

Wort. »Immer redest du gleich wie ein Wasserfall drauflos, anstatt erst mal abzuwarten, was ich dir sagen will.«

Ups! Ich und ein Wasserfall? Eigentlich bin ich doch eher der Typ Schweigen-weil-mir-ständig-die-Worte-fehlen.

»Sie ist total traurig deinetwegen«, erklärt Philipp.

»Weil-weil ich so eine ätzende Kuh bin?«, ahne ich. Doch dann miaut das Bündel, das ich in meine Strickjacke eingewickelt habe und mit den Händen fest an meine Brust gepresst halte.

»Was hast du denn da?«, fragt Philipp verwundert.

»Eine kleine Katze. Ich habe sie bei uns im Hinterhof gefunden. Sie ist schlimm am Kopf verletzt. Könnte 'ne Bisswunde sein. Vielleicht von einem Hund.« Ich ziehe die Jacke ein wenig zur Seite, damit Philipp sie besser sehen kann. »Kennst du sie? Ich meine, weißt du, ob sie jemanden im Haus gehört? Oder aus dem Haus gegenüber?«

Philipp mustert das Kätzchen eingehend und schüttelt dann den Kopf. »Nee, tut mir leid.«

Ich hole tief Luft. »Ich muss dann jetzt auch weiter.«

»Wo willst du denn mit der Katze hin?«

»Zum Tierarzt, zu dem Niki immer geht. Allerdings weiß ich nicht mehr so genau, wo der war.«

»Aber ich!«, erklärt Philipp entschlossen und marschiert los.

Ich rühre mich nicht von der Stelle, bis Philipp sich zu mir umdreht und fragt: »Was ist jetzt, willst du der Katze helfen oder nicht?«

»Natürlich helfen«, erkläre ich – bestimmt schon wieder einen Hauch zu zickig. Aber es fällt mir enorm schwer, *normal* mit Philipp zu reden – ich meine, bisher habe ich das noch nie getan.

»Na dann«, nickt er mir auffordernd zu, »komm! Ich bring dich hin.«

»Echt?«, hauche ich völlig perplex.

»Echt!«, grinst Philipp.

Zehn Minuten später stehen wir in Knups' Tierarztpraxis.

»Wie gut, dass ihr die Kleine gleich gebracht habt. Sie hat eine schwere Sepsis und da zählt quasi jede Minute«, erklärt er uns.

Ohne Philipp wäre ich längst noch nicht hier – den Weg hätte ich allein niemals wiedergefunden. Und Niki hätte mir auch nicht helfen können, denn die ist gar nicht zu Hause. Philipp hat mir unterwegs erzählt, dass sie mit ihrer Familie einen Ausflug macht.

Ansonsten haben wir nicht geredet. Über was auch? Dass es ein total komisches Gefühl ist, nebeneinander herzugehen? Ohne sich zu streiten. Ohne sich gegenseitig patzige Sprüche an den Kopf zu werfen.

»Wisst ihr, wem das Kätzchen gehört?«, will Knups von uns wissen, nachdem er die Kleine erst einmal versorgt und anschließend in eine graue Box gelegt hat.

Ich zucke bedauernd die Schultern. »Leider nein.«

»Aber wir können es herausfinden«, schlägt Philipp vor und sieht mich fragend an.

Ich und er? Er und ich? Zusammen?

»Wir?«

Philipp ist mein leicht panischer Gesichtsausdruck natürlich nicht entgangen.

»Hab schon verstanden«, brummt er eindeutig enttäuscht.

»Nein, nein«, winke ich ab. »So-so hab ich das nicht gemeint.« Ich muss schwer schlucken. Wirklich schwer. Aber dann erkläre ich: »Es wäre super, wenn du mir bei der Suche nach den Besitzern des Kätzchens helfen würdest.«

Philipp grinst verlegen und ich – verdammt, verdammt, verdammt – werde mal wieder zur feurigen Erdbeere.

Tinkas Besitzer finden wir dann überraschend schnell. Eine junge blonde Frau aus dem Haus gegenüber rennt uns nämlich fast um, als wir gerade im Begriff sind, unten an der Haustür zu klingeln.

»Habt ihr zufällig eine kleine graue Katze gesehen?«, spricht sie uns an. Ihr Gesicht ist weiß wie Milchschaum, ihre Augen rot geweint.

»Grau getigert?«, fragt Philipp.

»Ja, unsere Tinka ist grau getigert«, ruft sie hoffnungsvoll. »Habt ihr sie etwa gesehen?«

Ich nicke. »Wenn sie ungefähr ein halbes Jahr alt ist und grau getigert, dann könnte es Ihre Tinka sein, die wir gerade zum Tierarzt gebracht haben«, erkläre ich. Das mit dem halben Jahr hat Knups gesagt.

»Zum Tierarzt? Oh mein Gott, ist sie etwa verletzt? Wurde sie angefahren?« Sie stockt. Bekommt einen noch ängstlicheren Gesichtsausdruck und flüstert: »Oder ist sie tot?«

Philipp und ich schütteln gleichzeitig den Kopf. »Nein, keine Sorge, der Tierarzt sagt, sie ist wohl in eine Rauferei mit einer anderen Katze geraten und hat eine ziemlich tiefe Bisswunde. Aber er hat sie schon versorgt, und sie wird auch wieder gesund, hat er gemeint.«

Die junge Frau atmet erleichtert durch. »Zum Glück. Lilli ist nämlich untröstlich. Ich hätte wirklich nicht gewusst, wie ich ihr sagen soll, dass ihre Tinka …«

Sie bringt den Satz nicht zu Ende. Aber es ist schon klar, was sie sagen wollte.

»Wer ist Lilli?«, fragt Philipp.

»Meine Tochter. Sie hat Tinka vor vier Monaten zu ihrem achten Geburtstag bekommen. Vor drei Tagen ist sie aus der Wohnung gehuscht und seitdem verschwunden. Wir haben sie überall gesucht. Überall.«

»Ich hab sie vorhin hier im Hof gefunden«, sage ich.

Lillis Mutter bekommt Untertassenaugen. »Das gibt es doch gar nicht. Ich hab wirklich jeden Winkel nach ihr abgesucht.« Sie schüttelt den Kopf. »Aber egal, könnt ihr mir sagen, zu welchem Tierarzt ihr sie gebracht habt?«

Philipp nennt ihr Knups' Namen und Adresse, und nachdem sie sich überschwänglich bei uns bedankt hat, macht sie sich sofort auf den Weg.

Philipp und ich bleiben noch einen Moment im Hof stehen. Ich weiß nicht recht, was ich sagen soll. Jetzt nachdem Tinkas Besitzer gefunden sind und die Sorge um das Kätzchen sich gelegt hat, ist es wieder ziemlich komisch zwischen uns.

Philipp scheint es ähnlich zu gehen. »Na dann«, druckst er verlegen herum. »Dann gehe ich jetzt wohl mal nach Hause.«

Ich nicke. »Ich auch.«

Philipp geht los und ich trabe ihm nach. Ich meine,

was soll ich tun – schließlich wohnen wir im selben Haus. Daran wird sich bestimmt auch so schnell nichts ändern.

Er stampft die Treppen hinauf, ich stampfe mit etwas Abstand hinterher. Reden tun wir nicht mehr miteinander. Was sollen wir auch sagen. Mir zumindest fällt gerade nicht ein. Erst als ich schon den Schlüssel ins Wohnungstürschloss gesteckt habe, bleibt Philipp mitten auf der Treppe nach oben stehen und dreht sich langsam zu mir um. »Was ich dir eigentlich wegen Niki noch sagen woll …«

»Was denn?«, falle ich ihm mitten ins Wort.

Philipp kräuselte die Stirn wie ein Faltenhund. »Mann, jetzt lass mich doch erst mal ausreden«, blafft er mich an. Aber nicht so überheblich wie sonst, eher belustigt.

»Sorry, ja, okay, was denn?«, entschuldige ich mich halbherzig.

Philipp holt tief Luft. »Sie ist total traurig, weil du sie für eine fiese Spionin oder so hältst.«

Ich schlucke schwer. »Echt?«

Philipp nickt. »Du solltest dich mal bei ihr blicken lassen, weil es nämlich nicht so ist. Niki ist schwer in Ordnung, aber wenn du das nicht raffst, dann kann ich dir auch nicht helfen. Dann bist du wohl wirklich die doofe Kuh, für die ich dich in der Schule immer gehalten habe.« Damit nickt er mir noch einmal zu, dreht sich wieder um und verschwindet nach oben.

»Ja, das werde ich machen«, flüstere ich. Keine Ahnung, warum ich das nicht laut sage – vielleicht, weil ich noch nicht weiß, ob ich mich traue.

Womöglich ist das so.

Was ich gleich morgen tun werde:

1) Ich werde mich bei Tinkas Besitzern nach ihr erkundigen.
2) Danach bedanke ich mich bei Knups.
3) Womöglich klingle ich oben bei Skobiaks und sage auch noch mal zu Philipp schnell DANKE! Viiiielleicht!
4) Dann schreibe ich Helene einen Brief. Ich muss ihr unbedingt sagen, dass es zwar schade ist, dass wir nun keine (wirklichen) Freundinnen mehr sind, aber trotzdem jetzt nicht gleich superzickig zueinander sein sollten. Ich meine, wir gehen ja noch immer in dieselbe Klasse. Bei der Gelegenheit werde ich ihr auch schreiben, dass sie besser nicht mehr über Philipp lästern soll, weil er eigentlich total okay ist.
5) Dann gehe ich zu Niki und sage ihr ... Darüber mache ich mir später noch Gedanken.

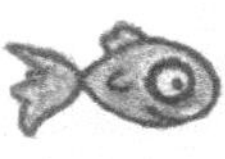

Und warum mache ich all das nicht:

1) Weil ich gar nicht weiß, wie Tinkas Familie mit Nachnamen heißt und in dem Haus ziemlich viele Leute wohnen.
2) Womöglich finde ich den Weg schon wieder nicht dorthin? – Philipp hat Tinkas Frauchen zwar die Adresse genannt, aber das nützt mir auch nichts. Mist, mein Orientierungssinn ist echt grottig. Da hat Anna ausnahmsweise mal recht.
3) Ich glaube, nein, ich bin mir sicher, das traue ich mich nicht!
4) Ich denke, ich rede lieber mit ihr – also wenn sie wieder zurück ist. Oder später. Na ja, sobald es halt mal passt.
5) Ich weiß es leider noch immer nicht ... ☹

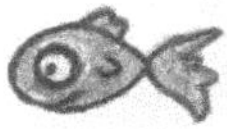

Kapitel 16

Das mit dem Ende und dem Neuanfang

»Du bist also Lila«, sagt Nikis Vater und sieht mich skeptisch an.

Offensichtlich hat Niki ihm von mir erzählt. Womöglich, dass ich sie eine fiese-miese Gurke oder so ähnlich genannt habe, so ernst wie er mich anguckt. Es kann aber auch an seinen buschigen Augenbrauen und dem pechschwarzen Vollbart liegen, dass sich mein Magen ein wenig unbehaglich zusammenknüllt.

»Ich-ähm-ja, ich bin Lila«, nuschle ich kleinlaut.

Doch ich habe mich getäuscht, es geht gar nicht um Niki.

»Dein Papa hat sich neulich wirklich große Sorgen um dich gemacht.«

»Mein Papa?« Ich verstehe nicht so ganz. Warum hat der Professor sich um mich gesorgt? Und woher weiß Nikis Vater davon?

»Ich habe Niki auch schon gesagt, dass das wirklich nicht in Ordnung von euch war, einfach hoch in ihr Zimmer verschwinden und dem armen Vater nichts davon zu sagen.«

Ach so, jetzt kapiere ich es, es geht um meine Restaurantflucht. »Ich hab meinem Vater versprochen, dass es nie wieder vorkommt«, erkläre ich verlegen.

Nikis Vater nickt. »Na dann ist es ja gut.« Er lächelt mich an und schon kommt er mir nicht mehr ganz so angsteinflößend vor. »Du möchtest bestimmt zu Niki?!«

»Wenn ich darf?«

»Na klar«, sagt er, hält mir die Tür auf und macht eine einladende Geste. »Immer hereinspaziert. Wo ihr Zimmer ist, weißt du ja.«

Drei Atemzüge später stehe ich vor Nikis Tür und brauche dann noch mindestens zehn weitere, bevor ich mich endlich traue, anzuklopfen.

»Herein, wenn du nicht Alexandros oder Nikos heißt!«, höre ich Nikis helle Stimme. »Ich will nämlich mal fünf Minuten meine Ruhe haben, Jun …« Schwungvoll wird die Tür aufgezogen und Nikis erstauntes Gesicht erscheint vor mir.

»Lila?«, ruft sie verblüfft. »Du bist es. Ich dachte, meine beiden Cousins wollen sich schon wieder nicht an die Abmachung halten.«

»Welche Abmachung?«, frage ich – weil mir absolut nichts Besseres einfällt. Wie immer!

»Täglich zwei Stunden Zimmerverbot für nervige Cousins«, rattert Niki los. »Denn wenn ich nicht mal kurz meine Ruhe habe, dann könnte es passieren, dass ich sie im Kleiderschrank einsperre oder mit dem Kopf zuerst aus dem Fenster baumeln lasse. Die beiden sind nämlich echt anstrengend. Besonders nachts, Nikos schnarcht, Alexandros knirscht mit den Zähnen. Aber deshalb bist du nicht hier. Oder?«

Ich schüttle langsam den Kopf, ich hole tief Luft, ich schlucke und schlucke, und dann endlich traue ich mich. »Ich weiß jetzt, was Fíli bedeutet«, krächze ich und glühe dabei bestimmt in den wildesten Rottönen.

»Ach so«, wispert Niki unsicher.

Ich strecke die Hand aus. »Freundin.«

Niki ergreift sie. »Fíli heißt *beste* Freundin«, verbessert sie mich.

Ich nicke. »Sehr, sehr gerne.«

»Das ist gut«, sagt Niki. Ihre dunklen Augen strahlen, als ob jemand dahinter das Licht angeknipst hätte. »Das ist sogar sehr, sehr gut.«

Schon wieder fehlen mir die Worte. Aber ich denke, es ist auch so alles gesagt.

* * *

»Tor! Tor! Tor!« Ich springe mindestens zehn Meter in die Höhe, so begeistert bin ich. Ich, Liliane Dorothea Sommerlath, habe soeben das erste Handballtor meines Lebens geworfen.

Okay, es stand niemand im Tor. Wenn ich ganz ehrlich bin, dann zählt es nicht mal, weil Philipp sich gerade die Schuhe zugebunden und Niki einem Wellensittich nachgeschaut hat, der bei den Hornschuhs aus dem Küchenfenster geflattert ist.

Aber ich hab ja auch nicht behauptet, dass ich besser Handball als Feldhockey spiele.

Ich schätze, Sport ist generell nichts für mich – also so wie für Philipp, der später sogar mal Sportlehrer werden will.

Niki strebt eine Karriere als Tierärztin oder Tierretterin an, und ich, na ja, ich habe ja noch ein bisschen Zeit, mir darüber Gedanken zu machen.

Außerdem müssen wir jetzt erst einmal den Wellensittich einfangen und dann …

Davon erzähle ich *dann*, wenn es so weit ist.

Versprochen!

© Melanie Dreysse

Antje Szillat begann bereits mit acht Jahren, Geschichten zu schreiben. Von diesem Zeitpunkt an war es ihr größter Wunsch, Schriftstellerin zu werden. Doch zunächst schlug sie ganz andere berufliche Wege ein und begann erst nach der Geburt ihres ersten Sohnes damit, ihren Kindheitstraum wahr werden zu lassen.

Heute schreibt die gebürtige Hannoveranerin sehr erfolgreich Bücher für Kinder, Jugendliche und junge Erwachsene. Beim Schreiben liebt sie es vielseitig und schlüpft gerne in unterschiedliche Rollen.

Antje Szillat ist verheiratet und hat mit ihrem Mann vier Kinder. Zu der lustigen »kleinen« Großfamilie gehören Pferde, Hunde, Goldfische und natürlich viele, viele Bücher. Sie lebt und arbeitet vor den Toren ihrer Lieblingsstadt Hannover.

Weitere Bücher von Antje Szillat bei cbj:
Tohu Wabohu – Nix für müde Krieger
(978-3-570-15683-4)
Tohu Wabohu – Nur für echte Cowboys
(978-3-570-15684-1)
Solange du schläfst
(978-3-570-40211-5)

Sheila Rance

Sonnentochter –
Das Lied der Seide

464 Seiten, ISBN 978-3-570-15756-5

Fremde waren sie schon immer – Maia und ihr Vater Tareth, der Seidenweber, die einst an Land gespült wurden wie Strandgut und beim Klippenvolk eine neue Heimat fanden. Doch was ihr wahres Schicksal ist, erfährt Maia erst an ihrem 13. Geburtstag: Sie ist die Sonnenfängerin, die verloren geglaubte Prinzessin eines fernen Reiches. Ein Reich, das vergiftet ist von Hass und Eifersucht und das nur Maia allein retten kann. So tritt sie eine Reise an, die sie ans andere Ende ihrer Welt führen wird, durch unglaubliche Abenteuer und tödliche Gefahren. Sie wird lernen, wer ihre wahren Freunde sind und wer ihre schrecklichsten Feinde. Und sie muss sich entscheiden: Ist sie bereit, ihr Schicksal anzunehmen – auch wenn es den Verlust all dessen bedeutet, was ihr am teuersten ist?

10284

cbj

www.cbj-verlag.de

Jan Andersen

Dusty – Freunde fürs Leben

ca. 160 Seiten, ISBN 978-3-570-17139-4

Für Jan läuft es alles andere als rund. Gerade ist er mit seinem Vater und der kleinen Schwester Lilly umgezogen. Von Berlin in ein Kaff, wo es noch nicht einmal eine vernünftige Dönerbude gibt. Mit den Jungs in der Schule kommt Jan überhaupt nicht klar, für die ist er ein Alien. Als er eines Tages allein mit dem Fahrrad unterwegs ist, lauert ihm eine Bande von maskierten Typen auf. Jan ist kein Feigling – aber einer gegen fünf, das kann nicht gutgehen. Doch dann ist plötzlich der Hund da, wie aus dem Nichts. Ein wilder, drahtiger Kerl, der knurrt und die Zähne über die Lefzen zieht wie ein Wolf. Die fünf Maskierten nehmen die Beine in die Hand – doch der Hund weicht Jan nicht mehr von der Seite.

10303

cbj

www.cbj-verlag.de

Bettina Obrecht

Zwilling verzweifelt gesucht

ca. 192 Seiten, ISBN 978-3-570-15808-1

Svenjas Familie ist ziemlich ungewöhnlich: Alle sechs Geschwister sind Zwillingspärchen. Fabian und Finn (12), Jule und Jana (6), Robin und Rasmus (1). Nur Svenja ist angeblich allein? Je mehr sie darüber nachdenkt desto überzeugter ist sie davon, dass auch sie eine Zwillingsschwester haben muss, die aus mysteriösen Gründen nicht bei der Familie lebt. Klar, dass Svenja bei der Aufdeckung dieses „dunklen Geheimnisses" von ihrer besten Freundin Alisia unterstützt wird. Und dabei geraten die beiden in alle möglichen Turbulenzen ...

Kinder- und Jugendbuchverlag
in der Verlagsgruppe Random House

MIX
Papier aus verantwortungsvollen Quellen
FSC® C014496

Verlagsgruppe Random House FSC® N001967
Das für dieses Buch verwendete FSC®-zertifizierte Papier
Holmen Book Cream liefert Holmen Paper, Hallstavik, Schweden.

2. Auflage

Vermittelt durch die Literarische Agentur
Thomas Schlück, Garbsen
Umschlag- und Innenillustration: Martina Badstuber
Umschlaggestaltung: Susanne Ulhorn
CK · Herstellung: UK
Satz: KompetenzCenter, Mönchengladbach
Druck und Einband: GGP Media GmbH, Pößneck
ISBN 978-3-570-15874-6
Printed in Germany

www.cbj-verlag.de